転職の魔王様2.0

額賀 澪

PHP
文芸文庫

○本表紙デザイン＋ロゴ＝川上成夫

目次

登場人物紹介（転職エージェント「シェパード・キャリア」のメンバー）

未谷千晴（ひつじたに　ちはる）
入社二年目のキャリアアドバイザー（CA）、二十七歳。新卒で大手の広告代理店に就職したが、働きすぎでダウン。叔母・洋子に勧められてCAになる。

来栖　嵐（くるす　あらし）
毒舌だが、内定率ほぼ百パーセントの凄腕CA。「転職の魔王様」と呼ばれている。千晴の上司で三十三歳。新卒で商社に入社したが、交通事故の後遺症で左足が不自由になり、転職。洋子にスカウトされてCAに。木製の杖をついている。

落合洋子（おちあい　ようこ）
社長。千晴の叔母、五十三歳。無職の千晴に自分の会社で働くことを提案した。

広沢英里香（ひろさわ　えりか）
童顔で小柄のベテランCA。千晴と同じチームで働く頼りになる先輩、三十五歳。この会社に転職する前もCA。

横山潤也（よこやま　じゅんや）
営業担当。二十七歳、千晴と同い年。スタンドプレーが過ぎる来栖に日々イライラさせられている。

タピオカ
千晴が大学三年のときに拾ったメスの白猫。洋子が引き取り、毎日、洋子とともに出勤するコーポレートキャット。何故か来栖に懐いている。

プロローグ

エレベーターを降りると、目の前に〈シェパード・キャリア〉という看板が出ている。窓から差す朝日が、スポットライトのように看板を真っ直ぐ照らした。

看板の縁が埃で白く汚れているのに気づいて、来栖嵐は自分の勤める会社のロゴに左手でそっと触れた。

ここは転職エージェントで、毎日毎日、新しい仕事を求める人々が足を運ぶ。シェパードは羊飼いを意味し、世界最古の職業の一つとも言われている。だから、シェパード・キャリアのロゴマークには羊飼いが使うフックがデザインされている。

迷える羊を導けるのは、迷える羊だった人間だけ。その言葉は来栖をこの会社にスカウトした社長の言葉だった。

綺麗になった看板を少しだけ眺めてから、来栖は会社のセキュリティーを解除して扉を開けた。

カツン――右手に持った木製の杖が床を打ち、軽やかに鳴る。自分の左足が、その音をやや遅れて追いかける。カツン、カツン。無人のオフィスはやや肌寒いが、窓の外に見える西新宿のビル群には、四月の暖かく穏（おだ）やかな日が差していた。

受付に置かれたキューブ型の万年カレンダーが三月三十一日のままだった。キューブを入れ替え、日付を変えてやる。

四月一日。

新しい年度、新しい生活が始まる日。スタートを象徴（しょうちょう）する日付。キューブに刻印された無機質な日付を見つめ、来栖はくすりとも笑わず、自分のデスクに向かった。

第一話

大事な部分って、働いてみないとわからないんですよ

二十三歳／女性／ＩＴ企業 プロモーション職

未谷千晴

「内定ですか！　ありがとうございます、高橋さんも喜ぶはずです！」

　人事担当者に何度も何度も礼を言って、電話を切った。「あ〜よかったぁ」と未谷千晴は思わず電話を拝んだ。見えない相手にぶんぶんと頭を下げたせいで、眼鏡がずれて鼻から落ちそうになる。

　転職エージェントでキャリアアドバイザー（ＣＡ）として働き始めて丸一年。担当した求職者の内定には何度も立ち会ったが、こうして企業から内定の連絡を受けるのはいつだって嬉しいものだ。

「お、高橋さん、やっと内定出た？」

　隣のデスクに座るＣＡの広沢英里香が、電話を拝む千晴の真似をしながらニヤニヤ笑って聞いてくる。なかなか内定が出ないと相談したばかりだった。

「出ました……それも現状の第一志望のところから。本人の転職モチベーションも下がってたところだったんで、本当によかったです」

「だよねぇ。もう退職しちゃってるとなると、こっちも焦るし」

　そうなのだ。今回千晴が担当した求職者は、会社を辞めて転職活動に臨んでいた。転職活動に何ヶ月も時間をかけるわけにはいかなかった。

　あくまで転職するのは求職者で、こちらはCAとしてそれをサポートするだけなのだが、それなりのプレッシャーはある。誰かの生活や人生が自分の手腕にかかっているという、ずっしりとした重みが。

「とりあえず、内定おめでとう。よかったねえ、未谷ぃ」

　千晴の肩をポンと叩き、キャスター付きの椅子をきゅるきゅる鳴らしてデスクに戻った広沢は、鳴り響いた内線電話をワンコールで取った。

　先ほどまでの親しみやすさとは一転して、一オクターブ高い声で、よそ行きの丁寧でかしこまった口調になる。童顔で背が低いから、初めて会ったときに学生インターンと勘違いしたのが申し訳なくなるくらい、頼れる先輩だった。

「未谷ぃ、五時からのフランクリンさん、いらっしゃったよ」

　普段通りの溶けたアイスのような広沢の声に、千晴はノートPCと資料を抱えて席を立った。広沢に礼を言って、オフィスを出る。

　転職エージェント「シェパード・キャリア」の入るフロアは、CAや営業の社員達が働くオフィスと、求職者と面談をするための面談ブースにわかれている。どちらも深い青色を基調とした内装で、その理由は社長曰く「転職活動中って心が荒むでしょ？　サポートするこっちも荒むでしょ？　だからせめて青で癒されようって単純な発想よ」ということらしい。

エントランスには、オフィスカジュアルの女性が一人、受付電話の前にたたずんでいた。今年二十七歳になる千晴より少しだけ年下に見える。姿は確かに社会人なのだが、横顔にどこか大学生の雰囲気が残っているように思えた。

「お待たせしました。フランクリン恵恋さんですか？」

緊張気味に頷いた彼女を、「こちらへどうぞ」と面談ブースへ案内する。パーティションで区切られたブースのいくつかは、ＣＡと面談する求職者で埋まっていた。窓からの眺めのいいブースを選んで、千晴は自分の名刺を差し出した。

「フランクリンさんを担当させていただく、ＣＡの未谷千晴です」

正面から見る彼女は、とても華やかな顔立ちをしていた。メイクが派手なのではなく素の顔立ちがとても整っている。

「本日は、お仕事はお休みですか？」

「いえ、今日は出先から直帰できる予定だったので」

ピンと背筋を伸ばした彼女は、相変わらず浮かない表情だった。千晴が淹れてきたホットコーヒーを一口飲んだと思ったら、「すみません」と肩を落とす。

「私、なんとなーく転職もアリかなと考えて、予定が空いてたからなんとなーく面談に来てしまいました」

彼女がシェパード・キャリアに登録をしたのは三日前で、こちらからの面談希望を問うメールにも「明後日の夕方なら」とすぐに返事を寄こした。面談のスケジュールを組みながら「勢いで転職しようとしてるのかな？」と思ったが、あながち間違ってはいなかったかもしれない。

「そういう方も多いですから、気にせずお話ししてください。面談はしたけれど転職するのは考え直した、なんて方も少なくありませんから」

安心した様子で、フランクリン恵恋は表情を緩めた。早速社内のデータベースに登録された彼女のプロフィールをPCでチェックする。

「フランクリン恵恋さん、現在はトリルビィ・ジャパンのプロモーション部にお勤めなんですね」

「はい、新卒で入社して、今が二年目に入ったところです」

トリルビィ・ジャパンといえば、国内外で大人気のSNS「トリルビィ」を運用するIT企業だ。日本に上陸して六年、ユーザー数はうなぎ登りで、特に十代・二十代のユーザーが多い。確か、大学生が選ぶ「就職したい企業ランキング」のトップ50の常連だ。プロモーション部は、その中でも花形部署と聞く。

何故こんなに詳しいかというと、シェパード・キャリアに来る前——大手広告代理店で営業をしていた頃、散々仕事をした相手だからだ。

「トリルビィは人気企業ですし、就活のときは競争率も高かったのでは？」

「あー、はい。結構な倍率だったたって聞いています。でも私の場合、名前のおかげで語学に堪能と思ってもらえたみたいで、選考はトントン拍子でした」

「フランクリンさんは、ずっと日本にお住まいなんですか？」

「父がアメリカ人で、母が日本人なんですけど、生まれも育ちも日本です。英語は得意ですけど、別にネイティブレベルじゃないです。でも、プロモーションの仕事は海外の会社とのやり取りもあるので、会議ではよく通訳に駆り出されます」

苦笑いした彼女は、来たときより幾分リラックスした様子でコーヒーを飲んだ。

「では、フランクリンさんが転職を考えたきっかけは――」

本題に入ろうとしたとき、隣のブースから、聞き慣れた……慣れすぎてうんざりしてしまうほどの、冷淡で素っ気ない男性の声が飛んできた。

「ですから、何度も言ってるじゃないですか。大人なんですから、そんなことは自分で決めてください」

コーヒーのカップを置いたフランクリンの視線が、パーティション越しに声のしたブースへ向けられる。あちらでも、CAと求職者の面談が行われている。

「僕がA社がいいと言ったら、あなたはA社を選ぶんですか？　自分が安心したいからって、決断を僕に押しつけないでください。あなたの仕事なんですから、あなたが自分で決断するんです」

口調こそ丁寧なのだが、辛辣で愛想がない。決して大声ではないのに、こういう物言いをするときの彼の声は、隣のブースだろうと遠慮なく聞こえてくる。

「……え？」

困惑気味に目を見開いたフランクリンに、千晴は頭を抱えた。こちらの気も知らずに、彼は冷ややかに話を続ける。

「仮に僕がA社がいいと言ったとしましょうか。もしかしたら僕は、A社の担当者から『誰でもいいからうちに人を寄こして』とお願いされているかもしれないですね。あなたの将来のことなんてちっとも考えず、自分のためだけにあなたにA社を勧めるかもしれない。だって、僕達エージェントの給料は、企業からの報酬で支払われてるんです。求職者であるあなた方は、無料で転職エージェントを使っているんですから。お金をくれる企業の方を向いて仕事をするCAもいると、最初の面談時にお話ししましたよね？　それでも僕に決断してほしいですか？」

げほんと大きな咳払いして、フランクリンに「ちょっとすみません」と断ってから席を立った。隣のブースへ早足で移動し、「失礼します」と一礼してから、面談していたCAの肩を掴む。

「来栖さん、ちょっといいですか？」

ブースの中で小さくなっていた求職者が、千晴の登場にほっと胸を撫で下ろしたのがわかった。

「あのね、こちらは面談中だよ、未谷さん」

素知らぬ顔で文句を言いながら、彼はテーブルの端に立てかけてあった木製の杖を摑んだ。千晴は求職者に一礼して、遠慮なく来栖をブースから離れた窓際まで引っぱっていった。彼が杖をつくタイミングだけはちゃんと計った。

ほんの少しだけ左足を引き摺りながら、彼は大人しく千晴についてくる。

「面談中なのはわかってますよ。私だって面談中です」

口論していると思われぬよう、極力穏やかに話した。パーティションに隠れて見えないが、フランクリンが耳を澄ませている気配がありありとわかる。

「それで、面談に乱入してまで何が『ちょっといいですか？』なわけ？」

トン、と床に杖をついた来栖嵐は、不機嫌そうに肩を竦めた。彼の背後で四月の青空が眩しい。窓から見える西新宿のビル群に陽の光が反射し、その光がちょうど来栖の肩のあたりで弾けて千晴に降ってくる。

「来栖さんのやり方は私もよ～くわかってるんですけど、さすがに辛辣すぎて私が担当してる求職者が引いてます。ドン引きしてます」

「ドン引きって、気に入ったA社とB社、どっちを受ければいいかを他人であるC

Aに決めてもらおうとする求職者に？　それともそれを『自分で決めてください』と真っ当に促している俺に？」

意地の悪い笑顔で来栖は続ける。千晴が反応に困ったのを嘲笑うみたいに。

「それとも、俺が転職エージェントの報酬は求人企業側から支払われるから、求職者のことなんて何も考えずに仕事する悪徳CAがいるって言ったこと？　もしくは、未経験業界に行けるのは二十五歳まで、三十五歳が転職限界年齢、女性の場合は三十歳が転職限界年齢だと言う人もいるっていう、ネットで検索すれば二秒で出てくるような真偽不明の情報のこと？」

かつて、千晴は求職者として彼に転職サポートをしてもらったことがある。そのときも同じことを彼は涼しい顔で言い放った。今から一年ちょっと前のことだ。

その後、せっかく漕ぎ着けた大企業との面接を蹴って、叔母が社長なのをいいことに千晴はシェパード・キャリアにコネ入社した。来栖に教育係をしてもらいながら見習いCAとして一年過ごし、この四月から正式にCAとして働き始めたのだ。

「来栖さんの言ってることはどれもこれも本当のことですけど、もう少し手心と言いますか、優しさをもうひとつまみと言いますか……」

「誰かれ構わず優しくして、それで求職者がみんないい転職ができるなら俺も楽なんだけどね」

こんな物言いを求職者相手にも平然とするから怒らせる率も高いけれど、それでも必ず求職者を内定させる。

それもただ企業に押し込むのではなく、相手が怒って振り上げた拳を「まあ、許そう」と下ろしてしまうほどの、いい条件の会社に。求職者の希望や適性や生活スタイルに合致した会社へ、必ずその人を導いてみせる。

彼の手腕を千晴は一年間側で見ていたし、一応、尊敬もしている。

だがしかし、CA二年目の自分が、来栖嵐のやり方を真似ていいわけがなかった。できないし、そもそもやりたいと思わない。

「そんなだから、変なあだ名がつくんですよ」

「ごめん、よく聞こえなかったんだけど何か言った?」

「いえ、何も言ってないです」

彼のことを、シェパード・キャリアの社員達は陰で「魔王」と呼んでいて、彼はそのあだ名を心底嫌っている。悪魔ではなく魔王なあたりに、畏怖の念がよーく現れていた。

「とにかく、隣で面談していてハラハラするんです、というクレームです」

ちらりと、来栖がいた面談ブースを見る。彼が応対していた求職者の男性は、肩を落とし縮こまっていた。歳は来栖とそう変わらないように見える。

「ほら、来栖さんの担当の方、めちゃくちゃしょんぼりしてるじゃないですか」

「自分で何一つ決断しようとせず、『どんな業界のどんな会社のどんな職種に転職すれば僕の将来は安泰ですか？　年収はどれくらいあれば幸せに暮らせますか？　面接はどう受け答えすれば安心ですか？』って終始こちらにおんぶに抱っこで転職をしようとしてるからだよ」

「そりゃあ、来栖さんの気持ちはわかりますけど」

「わかってくれて助かるよ。じゃあ面談に戻らせてくれる？」

千晴の返事を待たず、来栖は杖を片手に面談ブースに戻ってしまう。「せめて優しさをひとつまみ、お願いします」ともう一度言いかけて、無駄だなと思った。

「すみませんフランクリンさん、お待たせしました」

椅子に腰掛けたまま、フランクリンは来栖のいるブースを凝視していた。

「い、いろんなタイプのCAさんがいるんですね……」

「ああ、はい、そうです、いろんなCAがいるんです。いろんなタイプの求職者さんに対応できるように」

「なるほど、そうですよね。いろんなタイプの人がいますもんね……」

それにしたってアレは……と彼女の顔には書いてあるが、構わず話を戻した。

「それでは、フランクリンさんはどんな転職をご希望でしょうか？」

ここは転職エージェントだから、当然ながら転職を希望する人間がやって来る。なのに、彼女はそのことに初めて気づいたかのような顔で「ああ……」とこぼす。

「えー……と、今の仕事、面白いし、やり甲斐もあるし、お給料もいいんです」

「今、乗りに乗ってるトリルビィですもんね」

「でも、同じ部署の上司が、なんか、嫌で？」

語尾に巨大な「？」をくっつけたまま、フランクリンは首を傾げる。

「それは、例えばパワハラがあるとか、正当な人事評価がされていないとか？」

「いいえ、ハラスメントなんてのは全然ないですし、自分の仕事もちゃんと評価されてると思います」

「となると、上司の仕事のやり方やポリシーが合わないとか？」

「そういうわけでもないですね。ちゃんと成果を出していれば放任してくれる社風なので、むしろ仕事はしやすい、かな……」

言いながら、彼女は困った顔で「すみません」と肩を竦めた。

「とにかく、なんか嫌で。それで転職にちょっと興味が湧いたんですよね」

「じゃあ、ちょっと質問を変えましょうか。新しい職場の希望はありますか？　業界、職種はもちろん、会社の規模でも雰囲気でも、何でも構わないので」

「今の仕事にやり甲斐は感じてるので、同じ業界・職種がいいかなと思います。待遇も同じくらいがいいです」

試しにノートPCで社内の求人データーベースをチェックした。ぼんやりと予感はあったのだが、案の定の検索結果に千晴は目を瞠った。

「同じ業界、同じ職種、同じくらいの給与待遇の企業の求人を調べると、トリルビイ・ジャパンが一番に出ます……」

「あー……ですよね……。うちの会社、中途採用を一年中してるから……」

「転職をしたのに年収ダウンというのは避けたいでしょうし、業界や職種の幅を広げると、いろいろと選択肢は出てきます」

ただ――フランクリンの顔色を窺いながら、千晴は続けた。

「いろんな求人を闇雲にチェックするより、まずはフランクリンさんが転職したい理由をはっきりさせるのがいいと思います」

「理由、ですか」

「あとは、転職してどんなふうに働いていきたいか、ですね。でないと、私達も自信を持って求人をご紹介できませんし、フランクリンさんも転職後に後悔してしまうかもしれません」

ということを千晴に教えたのは、隣のブースにいる「転職の魔王様」なんて物騒なあだ名の男なのだが。

「トリルビィより条件のいいIT系の会社なんて、うちの求人にない。絶対ない」

自分のデスクでPCを睨みつけながら、千晴は思わず声に出してしまった。

「失礼な、三つくらいはあるよ」

近くを通りかかった営業の横山潤也に聞かれてしまった。企業から求人を集めてくるのが彼らの仕事だ。「求人がない」というのは聞き捨てならないらしい。

「すみません。正確には私の担当してる求職者の条件に合う求人がない、です」

「多少給料が下がってもいいなら、歓迎してくれる同業他社はいっぱいあるんじゃないの？　トリルビィの社員ならほしいところも多いだろ」

あそことか、あそことか、あそことか。横山は指を折りながら会社名をいくつか挙げる。千晴と同い年の横山だが、社歴では彼の方が先輩にあたり、なんだかんだで頼りになる営業担当だった。

「そうなんですけど……フランクリンさん、それすらもはっきりしなくて」

あのあとじっくり話を聞いたのだが、彼女がどうして転職したいのか、今の会社のどこに不満があるのか、千晴は何一つ見通すことができなかった。本人すらも「どうして転職エージェントに私は来たんだろう？」と思っている顔だった。

最終的に彼女は「もう少し考えてみます」とぼんやりした言葉を残し、帰っていった。

「冷やかしだったんじゃないの？　それじゃあ、わざわざトリルビィから転職する理由がないじゃん」

なーんだ、という顔で去っていく横山を尻目（しりめ）に、千晴は再びＰＣに向き直る。とりあえず横山が教えてくれた会社の求人をチェックしておくかとマウスに触れた瞬間、近くのデスクから来栖の声が飛んできた。

「相手の本音（ほんね）もわからないのに求人を探したって、時間の無駄だよ」

シェパード・キャリアのＣＡはいくつかのチームにわかれて業務に当たっていて、オフィスでもチームごとにデスクで島を作っている。千晴は来栖のチームにいるから、彼が同じ島でデスクを並べていて当然なのだが、こちらの考えを読んだように唐突（とうとつ）にアドバイスを送ってくるから心臓に悪い。

「それはわかってますけど、いろんな方向から切り込んだのに、会社への不満も、新しい仕事の希望も、特にないみたいなんですよ？」

デスクに置かれたファイルやバインダーの合間（あいま）から、来栖のデスクを覗（のぞ）き込む。千晴の隣にある広沢のデスクは、仕事に必要な書類や資料以外に可愛（かわい）らしい小物雑貨が並んでいるのに、来栖の周囲は業務に必要最低限のものしか置かれていない。

「じゃあ、どうして仕事帰りにわざわざ転職エージェントに来たと思う？」

「横山さんが言ってたみたいに、冷やかしだった可能性も」

「本人にすらわかってない本音を見つけるのもCAの仕事だって、俺が散々教えた時間を無駄にしないでほしいね」

くすりとも笑わずそう言った来栖のデスクに、真っ白なメス猫が一匹、音もなく飛び乗る。キーボードに指を走らせる来栖の腕を跨いでひとしきり邪魔すると、デスクの横で丸くなる。

シェパード・キャリアのコーポレートキャットとして社長が毎朝一緒に出勤している彼女の名前は、タピオカという。捨て猫だったのを拾ったのも、社長に譲ったのも、タピオカと名付けたのも千晴なのだが、彼女は千晴にはほとんど懐かず、いつも決まって来栖の側にいる。

「でもさあ、未谷ぃ」

タピオカに向かって「ほれほれ〜」と猫じゃらしの玩具を振りながら、広沢が千晴の方に身を乗り出す。

「その人、仕事にやり甲斐があるって言ってるんだよね？　待遇にも文句ないんだよね？　それを自覚しててわざわざ転職エージェントに来るなんて、それなりの理由はあるはずだよ」

小さな鈴のついた猫じゃらしにタピオカは小さく反応し、尻尾を揺らす。でも決してはしゃがない。前脚で淡々と猫じゃらしと戯れる。

「ですよねえ……」

消化不良気味のもどかしさを抱えながら、千晴は別の求職者へのメールを打った。CAは常に数十人の求職者に対応する。「一人ひとりに丁寧に」と「効率よく大人数をさばく」の両立は、二年目の千晴にはまだまだ難しい。

会社勤めを終えてから面談に来る求職者も多いから、午後七時を回ってもCA達はオフィスに残っている。提出すべき報告書のチェックや、求職者への架電や営業への確認、やるべきことを一通り終えたのを確認して、千晴はオフィスを出た。

エントランスを出たところで、シェパード・キャリアの社長であり、千晴の叔母である落合洋子がエレベーター待ちをしていた。手にしたキャリーバッグの中で、タピオカが大人しく寝転がっている。

「おう、よかった。今日はもう帰れるんだね」

「一昨日と昨日とちょっと残業しちゃったから、今日は早く帰らないと来栖さんの視線が怖くて」

転職の魔王様は、残業時間にもうるさいのだ。

「難しい求職者が来てるんだって？」

そしてこの社長は、こういうところにすぐ気がつく。

「職場の上司がなんか嫌らしいんだけど、何が嫌なのか、転職するとしたらどういうところに行きたいのか、自分でもわかってない、みたいな感じかな」

「あーいるいる。いるよ、そういう人」

ふふっと笑った洋子の前で、エレベーターの扉が開く。「よーく話を聞いてあげなさい」と言う洋子に続いて、千晴もエレベーターに乗り込んだ。

「〈なんか嫌〉って、結構大きいと思うんだよね。一回そう思っちゃうと、どんどんその人の悪いところばかりが目につくようになるじゃない？」

「まあ、確かにそうだけど」

「今、うちでも中途採用をしてるでしょ？　面接してるとよくわかるんだよ。どれだけすごい実績を持ってる人でも、面接中に『あれ〜なんかこの人と一緒に働くの嫌かも』って思ったら、理屈でそれを覆すのは大変」

来月退職するＣＡがいるから、シェパード・キャリアでは先月からＣＡを募集している。何人かを洋子が面接しているのだが、内定者が出たとは聞いていない。

「いい人が来てくれるといいね、中途採用」

考えすぎもよくない、フランクリンのことはまた明日考えよう。気を取り直し、千晴は話題を変えた。

フランクリン恵恋

転職なんてする理由がないじゃない。

会議室のモニターに映るオンライン会議の模様をぼんやり眺めながら、フランクリン恵恋はつくづくそう思った。ちょうど、日本人上司の言った冗談を恵恋が英訳し、ロンドンにいるクライアントがケラケラと笑ったときだった。

今日は、秋に日本初進出を控えたアパレルブランドのプロモーション会議だった。ブランドの広報担当と、広告代理店である一之宮(いちのみや)企画の担当者を交(まじ)えた会議はそれなりに盛り上がり、半年後の秋がワクワクするようなアイデアが次々に出た。

イギリス英語に気を使いながら通訳をし、プロモーション部の一員として会議に参加するのは、正直しんどかったけれど。

実は隣に座る上司の染川(そめかわ)の方がTOEIC®(トーイック)の点数は高いのだが、「喋(しゃべ)るのは得意なんでしょ？」とこうして会議で通訳を任されることが多い。フランクリンという苗字(みょうじ)に惑わされすぎだ。

それでも、やはり頼られるのは嬉しいし、この仕事は面白い。世の中を動かしているというか、トレンドを生み出しているというか――誰かがお腹(なか)を抱えて笑ったり、それまで知りもしなかったものを好きになったり、買いたいもの、食べたいものを発見したり、日々の生活の楽しみを生み出しているという感覚が楽しい。

だから、転職エージェントに行ったのは、気の迷いだったのだと思う。

シェパード・キャリアからの帰り道、今更のように転職について調べたら、「やり甲斐、待遇、人間関係のうち、二つに不満があったら転職すべき」というアドバイスが出てきた。

やり甲斐もあるし給料もいい、社内でいじめられているわけでもない。辞める理由が自分にはない。

「では、この方向でじゃんじゃん進めていきましょう！」

隣で染川が円陣でも組むかのように元気に宣言した。恵恋は急いでそれを英訳し、画面の向こうのクライアントに伝える。

みんなで一緒に頑張っていこうといういい雰囲気を作って、会議は終わった。時差のある中での会議だったから、会議室を出たのは午後八時過ぎだった。

だが、トリルビィ・ジャパンの社内はまだまだ明るく、賑やかだ。

オフィスのデザインコンセプトは「ナチュラル」と「調和」と「オーガニック」らしいが、とにもかくにもトリルビィのオフィスは会社っぽくない造りだった。

ビルのワンフロアを広々と使い、ドアや壁はほとんどない。いたるところにデザインの異なるソファが並び、ビリヤードやダーツやテレビゲームができるプレイルーム、ヨガルームに、日光浴ができるウッドデッキ、シアタールームまである。

　ごみごみとしたオフィスにデスクを並べて、窮屈そうに仕事して、ゆとりもなくてみんなイライラしている職場で、楽しく働くことは真面目に働いてないということだと捉えられて……大学時代に想像した「憂鬱な会社員像」とは全く違う、楽しく働くことが当たり前と大声で教えてくれるような、そんな職場だった。

　プレイルームでは、ダーツをしながら営業部とプロモーション部のトップが談笑していた。一之宮企画の担当者を見送った染川が、「お、密談ですか？　悪い話ですか？」とそこに嬉々として交ざっていく。あちらのソファでもこちらのソファでも、ＰＣをお供に寝転がって仕事している社員がいた。

　そして、オフィスのあちこちには「One for All, All for One」と書かれたオブジェが飾られている。日本支社だけでなく、トリルビィ全体のスローガンなのだ。恵恋が働くプロモーション部のエリアに入ると、「One for All, All for One」とカットされた木製ブロックが積み上がっている。何事も一つ一つコツコツと積み上げることが大事～という意味がこめられていると聞いた。

「エレンちゃーん、エレンちゃんもワイン飲む？」

　プロモーション部の真ん中は、社員が談笑できるソファスペースになっていた。

ふかふかのカーペットまで敷かれている。そこに座り込んだ先輩達がボトルワインを開けて酒盛りをしていた。

「わお、先輩、またワイン持ってきたんですか？」

「いつもデスクの引き出しにストックしてるの」

アルコールが入った独特の熱気が部内に漂っていた。誰が持ち込んだのか、チーズとナッツの濃厚な香りまでする。

出社時間は自由だが、アルコールＯＫになるのは、午後六時を過ぎだ。ワイングラス片手にＰＣに向かう社員もいるし、ナッツをぽりぽり嚙りながらソファで打ち合わせしている社員もいる。

恵恋もグラスにワインを注いでもらって、香りを堪能してから口に含んだ。常温なのが残念だが、通訳をして煮立ってしまった脳に、アルコールはよく染みる。

「あー、おいひい」

「六時過ぎたら飲まなきゃ仕事できないよねー」

差し出されたチーズもありがたく摘まんで、デスクに戻る。こういう感じで、アルコール片手に談笑しながら九時近くまで仕事をする社員が多いのだ。仕事モードとプライベートが絶妙に溶け合った、だらだらが許される時間。お隣のビルにオフィスを構えるコテコテの日本企業な商社では、絶対に許されないだろう。

「あっちは偉いな〜。僕、ああいうところじゃ絶対働けないや〜」

酔った社員が一人、窓から向かいのビルに手を振る。デスクが学校の教室みたいに整然と並んで、そこを社員が忙しなく行き交っている。まるで監獄みたいだと、初めて見たとき思った。

こちらよりずっと、酸素が薄そう。もちろん、手を振り返す人なんていない。向こうは向こうで、ワイングラス片手に働くこちらを「信じられない」と思っているに違いない。

でも、トリルビィの社員達は決して頭の軽い飲んだくれの遊び人ではない。こう見えて仕事はちゃんとやる。遊んでいるように見えて、各々が抱えたプロジェクトはちゃんと遂行し、成果だって出している。

思えば、恵恋に「外資系で働くなら、何もなくても転職エージェントとは仲良くしておいた方がいいよ」とアドバイスしてくれたのも、側でワインボトル片手にくるくるダンスしている先輩だった。

「日本企業と違ってさ、外資系ってある日突然トップが代わったり、買収されたり、特定の事業をばっさり切ったり、なんてことがあるの。『来月分の給料まで払うけど、明日から来なくていいよ』が有り得るのが外資系だから」

会社近くのバルでそう話した先輩の表情は、酔っているけれど凛としていて、軽やかなのにとても聡明な物言いだった。

「だから、気軽にランチでも行ける転職エージェントのCAを一人くらいキープしておくの。何もなくても情報交換して、有事の際にサクッと次の職場を見つける。フットワークの軽い働き方ができるように、普段から種を撒いておくといいよ」

つい先日、外資系の某IT企業が社員の六割を突然解雇するというニュースを見たばかりだった。その翌週には、解雇された何人かはトリルビィに転職してきた。

なるほど。転職する気はなくても、転職エージェントと顔をつないでおくことが大事なのか。そう思って、ネットでの評価が高かったシェパード・キャリアに試しに面談に行ってみた。

面談に行った理由は、素直に言うつもりだった。転職するつもりはないけれど、リスクマネジメントとして、CAと情報交換がしたいのだと。

なのに、

――でも、同じ部署の上司が、なんか、嫌で？

どうして、あんなことを言ってしまったのか。

同じ職場の上司とはつまり、新卒二年目の恵恋にとって、プロモーション部のほぼすべての社員達と言っていい。きつい性格の人も、パワハラやセクハラをしてくる人も、こちらに迷惑をかけてくる人もいないのに、どうしてそんなことを言ってしまったのか。シェパード・キャリアの面談ブースで、誰よりも恵恋が困惑した。

こうして和気藹々とした職場を改めて見回すと、ますますそう思う。転職ありきで面談をする未谷というCAの期待に、無意識に応えようとしたのかもしれない。

結局、九時過ぎまで恵恋もだらだらと会議の議事録を作った。金曜日だし、やることは山のようにある。先輩達はそのまま飲みに行こうとしたが、恵恋は「ワイン結構飲んじゃったんで」と断った。

翌日は、せっかくの土曜日なのに二日酔いで午前中が潰れた。両親には「ワイン二杯で？」と呆れられたが、そうとしか考えられない。初めて先輩にワインを注いでもらったときから薄々気づいていたが、どうやら自分はワインが体質的に合わないらしい。

◇　◇　◇

「フランクリンはよくやってくれてるよ。新卒二年目だけど、経験者採用の人間に負けないくらい活躍してくれてるし」

にこにこと話していた上司の染川が、突然「あ、でも」と表情を引き締めて、恵恋は条件反射的に姿勢を正した。

「本当にね、新人なのによく働いてくれてるんだけど」

右のレンズが丸、左のレンズが四角という流行の左右非対称の眼鏡をかけている染川は、いつも穏やかでお調子者で楽しいことが大好きなのだが、レンズの向こうの目は大層深刻そうだった。

「何か、いたらないところがありますか?」

トリルビィ社内で定期的に行われる上司との面談の真っ最中だから、余計にそう見えた。染川が面談に使うミニ会議室は椅子がなく、代わりにバランスボールに腰掛ける。「仕事をしながら体幹を鍛えよう」というコンセプトの部屋なのだが、そのせいで絶妙に緊張感がない。

「フランクリンはどういうところが足りないと思う?」

「えー……、勢い、とか? 元気のよさとか?」

とびきり酸っぱい梅干しでも食べたような顔で「うーん」と唸った染川は、バランスボールの上で体をポンポンと上下に揺する。どうやら的はずれだったらしい。

「カフェミーティングとホリデーバーベキュー、最近参加してないよね?」

「はい?」

座っていたバランスボールから、お尻が滑り落ちそうになった。

「カフェミーティングとホリデーバーベキューだよ」

丸と四角のレンズの向こうで、やはり染川の目は真剣そのものだった。

「前回も前々回も、フランクリンは参加してなかっただろ？」

カフェミーティングとは、二週間に一度、カフェテリアで開催される社内イベントだ。部署に関係なく社員達が集まり、昼時ならランチをしながら、お茶の時間ならコーヒー片手にお菓子を摘まみながら、わいわいお喋りをする。社歴や部署を超えて、情報交換をしたり自分をアピールする場ということになっている。

ホリデーバーベキューはその名の通り、月に一度、月末の休日に開催されるバーベキューのことで、強制参加ではないのだが結構な数の社員が毎度参加している。オフィスの近くのバーベキュー施設がある飲食店で開催されることもあれば、千葉や東京郊外まで足を延ばすこともあった。

「すみません、最近忙しくて、ちょっとご無沙汰してました」

「強制参加じゃないけどさ、ああいうイベントを通して部署外の人間と交流して、普段の仕事では得られない価値観に触れたりして勉強するんだから、しっかり参加した方がいいよ。自分の仕事を他部署にアピールするのだって大切だ。それが今後のフランクリンの活躍につながるんだし。そういうところからも『One for All, All for One』の精神が社内に作られていくと俺は思うんだよね」

「……はい、そうですすよね」

「というわけで、今日の午後のカフェミーティングにはちゃんと顔出せよ」

じゃ、面談はこれで終わり。途端ににこやかになって、染川は会議室を出ていく。彼が座っていたバランスボールは、陽気にバウンドして部屋の隅に転がった。

スマホで今日のスケジュールを確認した。カフェミティーングは午後三時からの一時間。その時間を使って仕上げたい企画書があるのだが、染川にああ言われては、顔を出さないわけにはいかない。


企画書を大急ぎで仕上げてカフェテリアに行くと、十分前だというのにかなりの数の社員が集まっていた。

テーブルやカウンターにはデリバリーのスイーツやスナックが並ぶ。トリルビィのロゴマークが入ったカップを手に談笑する社員達。コーヒーと紅茶の香り。誰かの甲高い笑い声。

その中に、営業部の同期・近藤沙梨を見つけた。新人研修のときに同じグループだった子だ。この前会ったときは落ち着いた色味の茶髪だったのに、いつの間にかミルクティーみたいな髪色になっていた。花柄のタンブラーに入っているのも、やはりクリームがたっぷり盛られたミルクティーだった。

「沙梨ぃ、久しぶり」

コーヒーメーカーで適当にアメリカンコーヒーを淹れて、沙梨に駆け寄る。

「おー恵恋じゃん、元気してた?」

「まあまあ元気。カフェミーティングとホリデーバーベキューの参加率が悪いって面談で染川さんに怒られたけど」

「ああ、そういえば最近いなかったね。そんなに忙しいの?」

息抜きにお菓子食べに来ればいいじゃん、と沙梨は近くの皿に盛られたメレンゲ菓子を口に放り込む。恵恋も釣(つ)られて手を伸ばした。

ピンク色のメレンゲクッキーは、「仕事」という言葉の対極にあるような甘ったるい花の香りがした。甘いお菓子にクリームたっぷりのミルクティーなんて、胸焼けしないんだろうか。美味(おい)しそうに唇(くちびる)についたクリームを舌先で舐(な)めた沙梨を横目に、そんなことを思う。

「死ぬほど忙しいわけじゃないんだけどさ、お菓子食べてお喋りするくらいなら、やっておきたい仕事があって」

「恵恋は真面目だよねー。私なんて、会社でお菓子食べながらだべりたいがために、午後イチの仕事を音速で済ませちゃったよ」

この楽しい時間のために、前後の仕事を効率よくテキパキと済ます。沙梨のやり方は、このイベントの主旨(しゅし)にマッチしていると思う。

「なんか疲れるんだよね。アレが終わってないな〜って思いながら、こうやってお茶してお喋りするの」

　人と話すのは嫌いではない。学生時代から、自分は結構コミュニケーション能力がある方だと思っているし、トリルビィに入社してからもそう評価されてきた。なのに、どうしてだかこのイベントは消耗するのだ。

「別に同じ会社の人間とお喋りするだけだし、会議より楽しいじゃん。ホリデーバーベキューだって、友達と遊ぶのと変わんなくない？」

「そうなんだけどさあ」

　と言いつつ、あとの言葉が続かない。

　近くのテーブルで一際大きな歓声と拍手が沸いた。営業部の社員が大型案件を獲得したことをアピールして、周囲の人が拍手でそれを称えたらしい。恵恋と沙梨も、よくわからないまままとりあえず拍手を送った。

　手にしているのはコーヒーだし、口にしているのはスイーツやスナックだけれど、カフェテリアの雰囲気はさながら金曜の夜の居酒屋だ。

　学生時代、こういう働き方に憧れた。自分がアメリカと日本のミックスだということは関係なしに、毎日何かに追い詰められ、消耗しながら働くのではなく、ワイン片手に笑いながら働けるような、そういう職場の方が絶対に楽しいと思った。

何より、就活中に訪れたトリルビィのオフィスは楽しげで賑やかで、社員達は活き活きと仕事していた。今、自分はその会社の一員なのだ。

「ちょっと、疲れてるのかもしれないなあ」

抱えているプロジェクトの数も多いし、国際会議での通訳という役目もある。こういう雰囲気を楽しむだけの心の余裕がない状態だったのかもしれない。

「フランクリンと近藤、せっかくのカフェミーティングで同期で連んでどうする」

マグカップ片手に近寄ってきたのは、染川だった。早速カフェミーティングに参加した恵恋に対し、満足げにうんうんと頷く。

「こういうときは、普段話さない他部署の先輩のところに飛び込むもんだろ」

言いながら、染川は側にいたグループに「ねえ、この子、交ぜてあげて」と恵恋を押し込む。同じ部署でも同期でもない、顔を見たことはあるが一緒に仕事をしたことのない社員ばかりだった。

「お、いーよ。おいでおいで、どこの部署の誰さん？」

言われるがまま自己紹介すると、まずフランクリンという名前に食いつかれた。ハーフ？　どこの国出身？　じゃあ英語が得意なの？　次々飛んでくる質問に答えているうちに、手にしていたコーヒーはすっかり冷めていた。

未谷千晴

「それで、フランクリンさんがどうしたって？」

　運ばれてきた明太子（めんたいこ）クリームパスタを前に丁寧に合掌（がっしょう）してから、来栖はフォーク片手に聞いてきた。

「まだ何も聞いてないじゃないですか」

「『相談したいことがあるからランチに行きませんか？』って未谷さんから言ってくるなんて、相談の内容は想像つくよ。その上、店選びは任せるなんて」

　シェパード・キャリアの社員で、進んで来栖と外食しようとする人間はいない。特に、彼が選んだ店に入るのはみんな揃（そろ）って嫌がる。

　どういうわけか、彼が選ぶ飲食店は軒並み美味しくない……いや、不味（まず）いのだ。

「だって来栖さん、美味しくない店に当たるのを楽しんでるじゃないですか。私がお店選びをするって言うと、途端につまらなそうな顔になるし」

「口コミサイトの星の数に踊らされながら食事して、一体何が楽しいのさ」

「そうやって見ず知らずの店に飛び込むのはいいですけど、来栖さんの場合、選ぶ店が高確率で……」

美味しくないから困るんですよ――とは言わないでおく。トレイを抱えた店員が側を通り過ぎたからだ。

ランチタイム真っ直中の慌ただしい時間を外したとはいえ、店内は空いていた。千晴達を入れて三組しか客はいない。オフィスビルが大量にそびえる西新宿は、飲食店という飲食店がいつも混んでいるのに。

「しかも、美味しくないってわかってるお店に、『いつか美味しいメニューが出てくるかもしれない』って何度も行くし」

これは来栖の道楽なのだとわかってはいた。彼は仕事で失敗をほとんどしないから、不味い店に当たるという失敗が楽しいのだと思う。「大事な仕事に備えて、プライベートでは極力運を使わないようにしている」という経営者と同じ発想だ。だから今日だって、嫌な予感を覚えながらも店選びを彼に任せたのだ。

期待せず、千晴はカルボナーラをフォークに巻き付けて口に運んだ。口に入れた瞬間、コショウの辛味が鼻を突き抜けた。

「コショウが……コショウが、多い……」

運ばれてきたときからわかっていた。カルボラーナの上にかけられた粗挽きコショウが、どう見ても多かったから。

「ううう、それに、パスタが柔らかい……コシというコシが失われた柔らかさ……」

「しかもソースは温め方を間違ったレトルトって感じだ」

明太子パスタを一口、二口と頰張りながら、来栖は満足げだった。よしよし、今回もちゃんと失敗した。そんな顔だ。

「コショウは避けて食べればいいんだから、今回はそこまでひどいハズレではないな。この間食べた靴底のゴムみたいな食感のステーキよりマシだろ」

「最低最悪のハズレを対抗馬に出さないでくださいよ。アレは本当……ゴムを食べてるのかと思いました」

大量のコショウを皿の端に避け、千晴は食事を再開した。これで来栖の奢りでなかったら、やっていられない。

「来栖さんが無事ハズレを引いてご満悦なところで、フランクリンさんの件なんですけど」

「『もう少し考えてみます』と言って一ヶ月、音沙汰がないからどうしようって？」

「その通りです」

カルボナーラは二口目も美味しくなかった。温め方を間違ったレトルトのソースという来栖の感想を、しみじみと嚙み締める。

「この仕事は来る者拒まず、去る者追わずが鉄則だけど？　学校の先生じゃないんだから、来なくなった求職者を家までお迎えに行く必要はない」

「それは、そうですけど」

でも。

「同じ部署の上司のことを『なんか、嫌で？』と言ったフランクリンさんが、ちょっと深刻そうに見えて」

自分でもどうしてそう思うのかわからない、明後日の方向へ泳ぐフランクリンの視線が、どんよりと濁って見えたのだ。

「広告代理店で〈気持ち悪い社畜〉をしてた頃の自分を思い出したってわけ？」

来栖の意地の悪い言い方に、フォークを持つ手が止まる。

「フランクリンさんも、自分が消耗してるのに気づかず辛い目に遭ってるんじゃないかと心配になって、どうにかしてあげたい気分になったと」

「嫌な言い方しないでくださいよ。でも、もし本当にそうなら、こちらから多少のアクションはすべきじゃないですか」

「シェパード・キャリアに来る前の未谷さんにも言えることだけど、仕事でもプライベートでも、自分の心身がギリギリアウトの状態にあるなら、まずはそれを自覚して、自衛をする必要があるんだよ。大人なんだから」

「でも、自分がギリギリアウトだって気づけなかったり、気づいてても対処の仕様がわからない場合だってありますよ」

他ならぬ、CAになる前の自分が、そうだった。

「今の職場で大丈夫、放っておいて、ってフランクリンさんが言うなら別ですけど、まだその段階ではないわけで。一回くらい、こちらから上手い声かけをしてあげたいと思うんです」

そこまで思っているのにどんなアクションを起こせばいいかわからないから、こうして美味しくないパスタに耐えながら、魔王に相談しているのだ。

来栖に向ける視線が鋭くなってしまったことに気づいて、千晴は慌ててパスタについていたセットのアイスコーヒーに手を伸ばした。びっくりするほど薄かった。

「例えば未谷さんを始めシェパード・キャリアの社員は、みんな俺のことが〈なんか苦手〉だと思うけど」

唐突に話し出した来栖に、アイスコーヒーが食道を逸れて気管に入りそうになる。自覚あったんだ……とは、さすがに言えない。

「え、そんなこと、ないと思いますよ？」

紙ナプキンで口を拭いながらはぐらかすが、来栖には無視された。

「〈なんか苦手〉〈なんか嫌〉っていうのは、一見曖昧でぼんやりしたものに感じられるけど、その中には意外と深刻な理由があるものだ。例えば未谷さんの俺に対する〈なんか苦手〉だけど、〈なんか〉で思考を止めないで具体的に挙げてみなよ」

困惑する千晴をよそに、来栖は明太子パスタを食べ終え、薄いアイスコーヒーをストローで啜りながらこちらを真っ直ぐ見つめてきた。まるで求職者と面談するときみたいに。

カルボナーラをフォークに巻いてはほどき、巻いてはほどきを繰り返し、千晴は絞り出した。

「別に苦手ってほどじゃないですけど……面談中も普段の仕事中もいちいち言うことがキツいというか意地が悪いというか。営業を無視して企業側の担当者と勝手に話を進めたり、そういう突然の単独プレーにハラハラさせられるとか。ときどき何を考えているのかわからないとか、外食で美味しくないものをすすんで食べるのが意味がわからないとか……」

恐ろしいことに、千晴が具体例を重ねれば重ねるほど、来栖は愉快そうに肩を揺らして笑うのだ。

「そうそう、ぼんやりした〈なんか苦手〉も、紐解けば本音が潜んでるんだよ」

「ですから、別に苦手ってほどじゃないですすってば。来栖さんが挙げろと言うから絞り出したんです」

「結局さ、どれだけこちらが親身に話を聞こうとしたって、求職者からすれば俺達CAは初対面の他人なんだよ」

千晴のフォローを受け止めることすらせず、来栖は続ける。

「信頼できるかどうかもわからないCAに、本音なんて言いたくないに決まってる。でも、求職者が今の職場をどう思っていて、新しい職場に何を求めるのか、今後の人生でどうなりたいのかを、こちらは絶対に知らないといけない。自分で自分の本音をちゃんと理解できてない求職者だっている。軽々しく表に出してくれない本音をどれだけ汲み取るかは、CAの力量の一つなの」

話は終わりとばかりに、来栖は空になった皿の前で再び合掌した。弄んでいた残りのカルボナーラを千晴は手早く完食する。会計は来栖持ちだった。


「来栖さんの〈なんか苦手〉なところって、ありますか？」

会社に戻ってすぐ、来栖が面談に向かったのをいいことに、千晴は隣のデスクの広沢に小声で問いかけた。

「えっ、来栖の〈なんか苦手〉なところ？　あるに決まってるじゃん！」

気遣い虚しく、広沢は大声で返してきた。周囲のデスクで社員達が耳を澄ましたのが気配だけでわかる。

「その曖昧な〈なんか〉の部分って、具体的に何ですか……？」

ええ～？　と困り顔で腕を組んだ広沢の膝に、来栖のデスクで丸くなっていたタピオカが移動してきて飛び乗る。真っ白な彼女の背中を撫でながら、広沢は眉間に皺を寄せて唸った。

「辛辣なのは慣れたし、単独プレーが過ぎるのも最終的に会社の利益になってるから別にいいけど、プライベートの姿がまーったく想像できないのが苦手。ていうか怖いよね、怖い」

「なるほど、そっちなんですね」

「だって考えてみなって。あの男の休日が想像できる？」

「できないです。全く、これっぽっちも」

「でしょう？　あいつ、正月休み明けに決まって旅行のお土産を会社に持ってくるけど、行き先がずっと箱根、熱海、湯河原のどれかなんだよ？　そんなに温泉が好きなの？　飽きないの？　ってずっと思ってるけど聞けない」

そういえば、彼から年始にもらった土産も、箱根の温泉饅頭だった記憶がある。

「同僚のプライベートを事細かに知りたいわけじゃないけどさ、そういうところが最後の最後で腹の底が見えなくて苦手だよね」

カラカラとキャスター付きの椅子を鳴らして、ここぞとばかりに営業の横山が「俺にもその質問して」と割って入ってくる。

「俺達営業を無視して仕事して、そのうえ悪びれもしないところだね」

「それは〈なんか苦手〉ではなく、ストレートに〈嫌いなところ〉なのでは……」

夕方、給湯室でかち合った洋子に同じ質問をしたら、「苦手なところなんてなーんにもない」と笑いながら返された。

その日、帰宅前に千晴はフランクリンへメールを送った。

フランクリン恵恋

アラームを五つかけて、なんとか五つ目で起きることができた。それでも家を出るまでは充分な余裕があった。

数日前に「日曜は朝五時に家を出て会社のみんなとバーベキューに行ってくる」と両親に伝えたら、二人は「大学生みたーい。いいな～」と笑った。

確かに、午前六時に新宿に集合して、マイクロバスで奥多摩にあるバーベキュー場へ行くだなんて、大学生がやることだ。新宿行きの電車の中で欠伸を嚙み殺しながら、つくづくそう思った。社会人はまず、日曜日の午前中に布団から出るのすら大仕事なのに。

集合場所は都庁側の駐車場だった。大型車両専用の駐車場だからわかってはいたのだが、マイクロバスの周りに見知った社員達が集まっているのを見て、「ぐえっ」

と声を洩らしてしまった。

　以前参加したホリデーバーベキューは、豊洲のグランピング施設で開催された。今回は誰かが「自然の中でやりたいね！」と言い出し、奥多摩の秋川渓谷まで足を延ばすのだという。そのためにマイクロバスまでチャーターしていた。

　よりによって、どうして今回はこんなプチ社員旅行みたいなことになっているのか。眠気のせいか、脇腹のあたりでイライラがくすぶってしまう。

「エレンちゃん、おはよー」

「なあに眠そうな顔してるの？」

「大丈夫？　エナドリでもキメとく？」

　日曜の朝六時とは思えない溌剌とした声が、プロモーション部の面々から飛んでくる。同期の沙梨を探したら、彼女は営業部の先輩達と何やらげらげら笑っていた。頭に大きなサングラスをのせて、今から海にでも繰り出すような鮮やかな模様のワンピースを着ていた。

　すぐ側を、小学校に上がるか上がらないかくらいの子供が数人、甲高い声を上げながら走り抜けていく。どうやら子供連れで参加する社員もいるらしい。

　まずい、寝不足のときの子供の声ほど、攻撃力の高い音はない。

　頭を抱えそうになったところに、真っ赤な紙袋を抱えた社員がやって来た。四月に入社したばかりの新卒の子達だった。

「バスの席順を決めるくじ引きでーす！」

眩しい笑顔でそう言われ、恵恋は無言でクジを引いた。

「みなさーん、そろそろ出発しますよ～！　クジを確認してバスに乗ってくださーい。クジは絶対！　席替え禁止！」

あははははっ！　と笑いながらみんなを誘導（ゆうどう）するのは、他ならぬ染川だった。今日の眼鏡も、右のレンズが丸、左のレンズが四角だった。

バスに乗り、クジに書かれた番号の通りに席に着く。補助席まで使って、総勢二十五人の社員を乗せたバスは首都高を西へ走り出す。

幸い、恵恋の隣は広報部の物静かな女性だった。ところが、出発して十分もたたないうちに、誰かがビールを飲み出す。バーベキューが始まったら開けるはずだったものが、どんどんどんどん社員達に配られていく。

口数が少ないと思っていた広報部の彼女は、瓶（びん）入りのクラフトビールを一気飲みした途端に声量が倍になって、周囲と大声で話し始めた。仕事のこと、プライベートのこと、今のこと、昔のこと、これからのこと。話題は慌ただしく移り変わる。

バス酔いを起こしたら嫌だと思って瓶ビールを開けずにいたら、「楽しんでる～？」と後部座席から転がるようにやって来た染川に、「なんだよフランクリン、飲んでないのかよぉ」と笑われた。一体どんなビールを飲んでいるのか、濃いシナモンと生姜の香りがする。

「無理に飲ませちゃ駄目ですよぉ。アルハラですよぉ」「そーだそーだ、染川さんブラック上司！」と側の席にいた社員が声を上げる。恵恋もそれに乗っかろうとしたのだが、口を開けた途端に染川は自分の席に戻っていった。バスの後方で誰かがウクレレを弾き出す。そしてみんなが歌い出す。

周りに合わせて歌うふりをしながら、恵恋はスマホを取り出した。

一昨日、シェパード・キャリアのＣＡ・未谷千晴からメールが来た。最初の面談から一ヶ月近くたっているから、どうせ催促のメールだと思った。向こうも営利目的で転職サポートをしているのだから、求職者は一人でも逃したくないはずだ。

でも、彼女からのメールには「早く転職活動を始めろ」とは一切書いてなかった。

〈フランクリン様

いつもお世話になっております。シェパード・キャリアの未谷です。

前回の面談から間が空いてしまって恐縮です。その後、いかがお過ごしかと思い、ご連絡させていただきました。フランクリンさんが「やっぱり転職はしたくない」とお考えのようでしたら、このメールは無視してください。

もし、まだ迷われているようでしたら、ぜひ面談のときに伺っていた「なんか、嫌で?」の部分を具体的に書き出してみてください。フランクリンさん自身が気づいていなかった今の職場に対する本音が見えるかもしれません〉

メールを閉じ、そのままゴミ箱に移そうとした。転職はしない。そもそも、シェパード・キャリアに行ったのは、忙しさと疲れと仕事に対するちょっとしたマンネリ感のせい……要するに、気の迷いだったのだから。

なのに、恵恋の親指はメモアプリをタップしていた。

〈バーベキューに行くバスの座席がくじ引きなのが、嫌〉

試しにそう入力してみた。ウクレレにタンバリンの音が交ざり始めた。曲は恵恋にはよくわからないものだった。

〈そもそもホリデーバーベキューが嫌〉〈朝六時に集合なのが嫌〉〈現地集合じゃなくてバスで行くのも嫌〉

一つ書き出すと、意外と次から次へと出てくる。

〈カフェミーティングも嫌〉〈自由参加といいつつ参加しないと怒られるのも嫌〉〈参加しないだけで人事評価にケチがつくのも嫌〉〈みんなお酒を飲むと声が大きくなるのも嫌〉〈バスの中で歌っちゃうノリが嫌〉

「せっかくのバーベキューなんだからスマホばっか弄ってないで、楽しみなよぉ」

後ろの席に座っていたプロモーション部の先輩が、頭上から恵恋を覗き込む。

「ぎゃわ！」と声を上げてスマホを取り落としそうになった。

　バーベキュー場は、まだまだ遠い。

「恵恋、めっちゃ働くじゃん。ちゃんと食べてる？」

　バーベキューグリルの前を陣取って大きなフランクフルトを焼いていた恵恋のもとに、瓶ビール片手に沙梨がやってきた。瓶の口にくし切りレモンが刺さっていて、それが初夏の日差しの下でキラキラと陽気に光っている。

「食べてる食べてる」

　トウモロコシいる？　とグリルの端で程よく焼けていたトウモロコシにタレを塗って渡してやる。「やったあ！」と破顔して、沙梨は飴色のトウモロコシ片手に河原の方へ走っていく。

　秋川渓谷沿いのバーベキュー場は、広々とした気持ちのいい場所だった。空は青いし、都内とは思えないほど空気は美味しい。テントがいくつも並び、恵恋達と同じようにバーベキューを楽しむグループ客で賑わっている。

川に足を浸して水遊びを楽しんでいた一団は、いつの間にか水風船と水鉄砲で遊び始めた。側にいる大学生らしきグループに負けないくらい、甲高い声を上げてはしゃぎ回っている。スイカ割りをするグループ、木陰でビール片手に焼きたての肉や野菜を頬張るグループ。

恵恋は、グリルで肉や野菜を焼き、ときどき洗い物やゴミ捨てを買って出る役目を確保していた。バーベキュー場についた瞬間、ここが一番楽だと思った。

「フランクフルト、食べる人ー！」

こんがり焼けたフランクフルトを手に、周囲に呼びかける。真っ先に小学生の男の子三人が駆け寄ってきた。

「おお、フランクリンのフランクフルトじゃん！」

染川がそう言って高笑いした。はぐ、と彼がフランクフルトを齧ると、パキン！と小気味のいい音がした。そのままフランクフルトのCMに使えそうな音だ。

「フランクリン、楽しんでるか？」

「もちろんですよ」

「さっきから雑用してばっかりじゃん。あっちで水風船で遊んできたら？」

「着替え持ってきてないからいいですよぉ。それに、焼いてるとチビッ子にモテモテでめっちゃ楽しいんですもん」

はい、どーぞ、とフランクフルトをチビッ子達に配る。「あとで焼きそばも作るからねー！」と笑いかけたら、三人とも大喜びで去っていった。

「最近はご無沙汰でしたけど、やっぱりみんなでバーベキューって楽しいですね」

恵恋の言葉に満足したのか、染川はフランクフルトを平らげると、河原の方へスキップしていった。恵恋はこっそり胸を撫で下ろした。

スマホをポケットの奥にしまい込んでも、頭は勝手に〈具体的に書き出す作業〉を続けた。バスを降りてから、ずっとだ。

〈楽しんでないと許されない感じが嫌だ〉

〈仕事仲間とはプライベートでも楽しく遊べて当然という空気が嫌だ〉

鉄板に油を引き、みんなが飽きて手をつけなくなった肉と野菜を細かく刻んで、麺と一緒に炒める。役目に、仕事に徹している。そうやってこの楽しい空間のパーツの一つになる。

でも、きっと、周囲の人達はみんな気づいている。恵恋が楽しんでいないこと。

肉や野菜を焼くばかりで、この楽しい空間の仲間になっていないこと。

恵恋がどれだけ「楽しんでますよ！」と主張したって、みんな思っているのだ。

〈仕事とプライベートがごちゃごちゃになるのが嫌〉

〈それを気持ちいいと思える人ばかりなのが嫌〉

〈この会社の「楽しい」に乗れない人をノリが悪いとしか思ってなさそうなのが嫌〉

……あれ、無理じゃない？

この会社で何年も働くの、キツくない？

焼きそばを混ぜていたヘラが、自然と動きを止めた。じゅう、じゅう、と麺とキャベツの下で油が撥ねる。

キツい。うん、キツい。次のホリデーバーベキューが今から憂鬱で、何とか欠席する方法がないかと考えている。染川はもちろん、他の社員達から「ノリが悪いなあ」と思われずに欠席する方法を、必死に考えている。

どうしてだろう。この会社に憧れて入社したはずなのに。

いかにもな日本企業で、価値観の合わないおじさん上司にこびへつらって、愛想よくして、給料は安いのにストレスばっかり溜まって——仕事に楽しさを見出すのは不真面目みたいな、そんな雰囲気の中で働くのは真っ平ごめんだった。

前時代的じゃない、今っぽくて、新しくて、自分が自分らしく在るのが一番大事と胸を張って言ってくれるような、そんな会社で働きたかった。

トリルビィは間違いなくそういう会社なのに、どうして私は、しんどいのか。

じゅう、じゅう。焼きそばが唸るように白い煙を上げる。

背後から、複数人が「せーの！」と声を合わせる音が聞こえた。

「エレンちゃーん！」

名前を呼ばれて、振り返る。視界を、黒々しく丸い影に遮(さえぎ)られた。

額(ひたい)に柔らかく重たいものがプルンと当たって、弾けた。悲鳴と笑い声が交ざって、周囲がドッと沸く。

気がついたら、頭から水を被(かぶ)っていた。足下(あしもと)に水風船の破片(はへん)が落ちている。背後の鉄板に飛び散った水が、じゅわじゅわじゅわ！　と甲高い音で泣き喚(わめ)いた。

目の前には、先ほどフランクフルトを配った小学生三人組と、染川と、沙梨と、顔見知りの先輩が二人、水風船を手に立っていた。

あー、やっちゃった……全員の顔に、そう書いてある。

けれどそれは一瞬で掻(か)き消され、大人達は腹を抱えて笑い出した。釣られるように、小学生三人も笑い出す。

「ごめんねエレン、本当は足に当てようと思ったんだよ。もーうっ、リオン君のノーコン！」

沙梨が小学生の男の子の背中をバシバシと叩く。先輩達も「ごめんね、でもすぐ乾(かわ)くよ。今日は天気もいいから」と何度も両手を合わせてきた。

別に、汚れても構わない服を着てきたし。化粧は崩(くず)れてしまったけれど、直せばいいし。

なのにどうして、彼らのように大口を開けて笑えないのだろう。染川や沙梨だけではない、近くにいた社員達はみんな「ダメだよ～水風船を人にぶつけちゃ」「焼きそば濡れちゃったじゃーん」と笑い合っている。

その笑い声は、恵恋へも飛んでくる。

「ちょっとエレンちゃん、顔が怖いよ～」

「子供がびっくりしちゃってるじゃーん」

「もっと楽しみなよ。仕事じゃないんだからさあ」

嫌だなあ、もう、びっくりしちゃったじゃないですかあ！　そう言うべき場面だとわかっているのに、何も出てこなかった。

ただ、全く別のことを考えていた。

やり甲斐、待遇、人間関係のうち、二つに不満があったら転職すべき。ネットで見かけた、誰が書いたかもわからないアドバイス。

仕事にやり甲斐はある。待遇もいい。大学の同期の中では、給料はかなりいい方だ。人間関係も悪くはない。パワハラ上司もいないし、無茶を言って私をいじめる先輩もいない。気さくな同期もいる。

でも、私はこの環境が〈しんどい〉のだ。

恵恋の胸の内をよそに、トリルビィの社員達はすでに次の楽しいものを見つけていた。スイカ割りで無事粉々になったスイカが、配られ始めたらしい。

焼きそばを作っているうちに、濡れた顔もシャツも乾いていた。

帰りのバスの中で、恵恋は空気を読まず寝た。新宿で解散したあとは二次会が予定されていたが、やはり空気を読まずに帰った。

帰宅した恵恋の顔を見た途端、母は「疲れたの？」と首を傾げた。

「あんた、何だかんだ言って、昔から周りに気を使うタイプだもんねえ」

大勢でバーベキューして疲れたんでしょ。ふふっと微笑んだ母は「バッチリ沸いてるよ」とお風呂を指さした。

風呂から上がってすぐ、恵恋はシェパード・キャリアからのメールに返事を打った。

未谷千晴

「――以上が、私がトリルビィ・ジャパンに抱いている本音です」

タブレットに凛と表示されたスライドを指さし、フランクリンは言い切った。

「仕事は面白いです。待遇も文句はありません。明るく元気でノリのいい人ばかりの職場です。でもカフェミーティングとホリデーバーベキューが無理です。これを楽しまないと仲間じゃないって感じの雰囲気なのも」

一週間前にフランクリン宛にメールを送ったら、週明けには返事が来た。トントン拍子で二度目の面談をすることになったと思ったら、彼女は立派なプレゼン資料を携えてシェパード・キャリアにやって来た。

プレゼンの中で具体的な事例として紹介されたカフェミーティングとホリデーバーベキューとやらには、思わず苦笑いしてしまった。洋子がシェパード・キャリアにそんなイベントを導入しようと言い出したら、全力で止めようと決意した。

「つまり、フランクリンさんにとって今の会社は、やり甲斐もあって待遇もいい会社だけど、息苦しいってことなんですね」

「はい、それが、私の転職したい理由です。やっとわかりました」

彼女の目は力強かった。最初の面談時の、受け答えから表情まで何もかもぼんやりと曖昧だったのとは全然違う。

「ただ、これだけの理由で転職するのはどうなんだろうとも思ってます」

「それは、まだ新卒二年目なのが引っかかってるってことですか？」

「それもありますけど……どっちかっていうと、就活生時代に憧れた会社が自分に合わなかったショックをまだ引き摺ってます」

自分で選び取った場所が、自分には合わない場所だなんて思いたくない。脳裏に転職前の自分がよぎって、千晴は喉を鳴らした。自分だってCA二年目だけれど、

ＣＡとして言うべき言葉を体の隅々から掻き集めた。

「憧れた場所にいざ飛び込んだら自分にとってしんどい場所だったなんて、普通にあることですよ。私も新卒で入った会社を三年弱で辞めたんですけど、フランクリンさんと同じような気持ちでした」

「え、そうなんですか？」

「会社の雰囲気やノリみたいなものは、入社しないと本当のところはわかりませんから。大事な部分って、働いてみないとわからないんですよ」

そうですか……か細い声でそう続けたフランクリンは、しばし俯いた。タブレットがスリープモードになって、画面が真っ黒になる。

でも、彼女はすぐに顔を上げた。その拍子に指がタブレットの画面に触れ、先ほどまで熱烈にプレゼンしていたスライドが再び表示される。

「えーと、じゃあ、私は、こういう会社に転職したいです」

スライドが次へ進む。そこには、極太の文字でこう書いてあった。

〈とりあえず、カフェミーティングとホリデーバーベキューがない会社!!!〉

「この際、給料はちょっと下がってもいいです。仕事自体は楽しかったんで、同じ業界で転職できたら嬉しいです。でも、とにもかくにもトリルビィみたいなノリじゃない会社がいいです！」

テーブルに手をついて身を乗り出したフランクリンに、千晴は「かしこまりました！」と大きく頷いた。

営業とも連携して求人をいくつか見繕って送ります。気に入った求人があったら、応募書類や面接試験の準備をしましょう。簡単な打ち合わせを済ませると、フランクリンは足取り軽く帰っていった。

彼女を見送ろうとエレベーター待ちをしていると、来栖も、求職者を見送りにエントランスに出てきた。

来栖が一礼して送り出した求職者は、いつか彼に説教をされて縮こまっていたあの男性だった。「新しい会社で頑張ります！」と力強く宣言して、エレベーターに乗る。

「フランクリンさん、自分の本音がやっとわかったみたいですよ」

二人が乗ったエレベーターの扉が閉まるのと同時に、千晴は語りかける。詳しく報告しようと思ったのに、来栖は杖を鳴らして踵を返してしまう。

「いちいち周りに助言を求めないで、次は一人で頑張ることだね」

第二話

求職者の人生に責任を持つことはできません

二十八歳／男性／フリーライター

未谷千晴

「爽やかがスーツ着て歩いてる感じだね」

広沢のたとえに、千晴を含め、周囲にいた社員達が一斉に頷いた。来栖だけが、関心なさげにデスクの上で丸くなるタピオカの白い毛並みを撫でていた。

洋子に連れられて現れたのは、広沢の言う通り、奇妙なくらい爽やかな男だった。程よく落ち着いた茶髪と、深いグレーのジャケットがよく似合っていた。

「みんな忙しいと思うので、新メンバーの紹介は手短に行きます。今日からキャリアアドバイザー（ＣＡ）として働いてくれる天間さんです。前職もＣＡ。頼りにしてます」

洋子にそう紹介された彼は、視線を躍らせるようにオフィスを見回した。背が高い。百八十センチ以上はありそうな長身なのに、何故か上目遣いで見られているような気分にさせられる。

「天間聖司です。歳は二十八です。社長からご紹介いただいた通り、前職もＣＡでした。皆さん、本日からよろしくお願いします」

ふふっと声が聞こえそうな柔らかな笑みを浮かべた天間が、どうしてだか千晴を見て小さく会釈してきた。首を傾げかけたら、洋子に名前を呼ばれた。

「千晴、天間君が会社に落ち着くまで、あなたとコンビを組んでもらうから」

天間に負けじとにこりと笑った洋子に、堪らず「えづ」と前のめりになる。濁点まみれの声だったせいで、広沢に笑われた。

「なんで私が。私まだ二年目……」

「ああ、大丈夫、大丈夫。天間君の方があんたよりCA歴は長いし、別に教育係をしてもらおうとは思ってないから。社内についてはわからないことが多いだろうから、しばらく親切に教えてあげて」

手短にと宣言した通り、新メンバーの紹介はそれで終わった。「今日も一日よろしく〜」という洋子の声と共に、社員達は自分のデスクに戻って行く。

「ふつつか者ですが、よろしくお願いします」

いたずらっぽく笑った天間が歩み寄ってくる。近くで見るとより長身が際立った。でもやっぱり、見下ろされているのに上目遣いで見られている気がしてしまう。

「よ、よろしくお願いします……といっても私、正式にCAになったのは四月からなので、天間さんの方がずっと経験豊富だと思います」

「そうですか？　落合社長が熱烈に推薦してましたけど」

叔母さんめ！　と洋子のデスクを振り返ったが、彼女は素知らぬ顔でどこかに電話をかけていた。

「しばらくの間、いろいろ教えてください」

するりと握手を求められた。天間は二十八歳だと先ほど言っていた。新卒でCAになったのかはわからないが、少なくとも千晴よりはずっと経験はあるだろう。

彼の軽やかな口調や、流れるような握手の仕草から、よくわかる。新しい職場に来たばかりなのに、物怖じしたり緊張したりしている様子がない。それを隠してフレンドリーに振る舞えるだけの経験値が滲み出ている。

コンビを組む間、彼の仕事をよく見て学べということなのかもしれない。

「じゃあ、早速ですが、今日も午前中から面談の予約が入っているので、同席してください」

あ、求職者の履歴書をお送りしますね。ていうか天間さんのPCも準備しないと。セッティングが終わればすぐに社内データベースにアクセスできるようになるんで……千晴の説明に律儀に「はい、はい、はい」と頷いた天間の視線が、千晴と同じ島にデスクを構える来栖に向いた。

「未谷さんとしばらくご一緒するので、僕も来栖さんと同じチームということですよね」

すっかり自分の仕事に戻っていた来栖が、視線をノートPCから天間へと移す。

「僕、来栖さんのインタビューをニュースサイトで読んだことがあるので、同じ職場で働けるのを楽しみにしてました」

「それはどうも。社長が出ろ出ろと毎度しつこいので、次からは天間さんが引き受けてください」

「えー、いいんですか？　僕のやり方、来栖さんと真逆だと思いますけど」

「仕事のやり方は人それぞれですから。同じようなCAが何人もいるエージェントなんて、いいエージェントとは言えないでしょう」

どこか皮肉っぽい言い方をした来栖が、ちらりとこちらを見た。前回、来栖に助言ばかり求めた千晴への遠回しな嫌味……なのだろう、多分、恐らく、絶対。

「来栖さん、あだ名が魔王というのは本当ですか？　社長がおっしゃってましたが」

天間の問いに、千晴も、隣のデスクにいた広沢も、別チームのCA達までが顔を強ばらせた。その無邪気な問いを、来栖だけが淡々と聞いていた。

でも、わかる。眉一つ動かさず聞いているが、ものすごく怒っている。眉尻のあたりで不愉快だと言っている。

「陰でそう呼ぶ人もいるみたいですね。とても不本意なあだ名ですけど」

「え、格好いいじゃないですか。だって魔王ですよ？　ただの王じゃなくて魔がつくんですよ？　英語にしたらサタンですよ？」

だから、それが駄目なんだってば。喉まででかかった言葉を、千晴はこっそり呑み込んだ。来栖が「さっさと仕事に戻ってくれ」と全身からオーラを放っているのに、天間はそれに気づいているのかいないのか。

「て、天間さん」

総務担当の社員が持ってきてくれた天間用のノートPCを手に、千晴は彼の腕を引いた。それはもう、思い切り。

「午前中に面談する求職者の説明をしますので、会議室に来てください！」

天間は「はあい、わかりましたー」と素直についてきてくれたが、来栖が呆れ顔で肩を竦めたのを千晴は見逃さなかった。なんで私が呆れられなきゃならないんだ、と憤慨しながら、千晴は会議室のドアを開けた。

求職者の名前は、皆川晶穂といった。

歳は三十歳。都内の製薬会社で営業として働いていたが、先月退職し、現在は無職。これまでの経験を活かし、製薬業界での転職を希望。

「とにかく、人がたくさんいるところがいいです。一人や二人休んでも、ちゃんと回る会社」

彼女の口振りは淡々としていた。来栖に負けないくらいの淡泊さだ。一度も染めたことがなさそうなセミロングの髪まで、不思議と素っ気なく見えてしまう。

「先月までお勤めだった会社は、従業員百名ほどの会社だったとのことですが、人員不足で苦労された経験があったということですか？」

千晴の問いに、皆川は眉間に小さな皺を寄せて「ええ、そうです」と頷いた。ああ、これはかなり、前の会社に不満があったみたいだ。

「従業員百人といっても、それは工場を含めた数で、私がいた本社は……本社と呼ぶのもおこがましいような小さな社屋で、営業部は十人しかいませんでした」

「あっ、確かに。本社は二階建ての小さな社屋なんですね」

千晴の隣に座っていた天間が、手にしたタブレットで皆川が勤めていた会社のウェブサイトを見せる。灰色の二階建ての社屋は、写真写りが悪いのも相まって古びた印象を受けた。

「一人や二人休んでもちゃんと回る会社がいいということは、前の職場はそうではなかったということですね？」

天間がわずかに身を乗り出し、皆川に問いかける。ここは彼がどんな面談をするのか見させてもらおうと、千晴はほんの少し椅子を引いた。

「その情報、必要ですか？」

「もちろんです。一口に『従業員数の多い会社がいい』といっても、そこに何を求めるかは人それぞれですから。仕事を通して多くの人と関わりを持ちたい、異動でさまざまな業務を経験したい。福利厚生の充実や、社会的信用、安定性を求める方もいます。皆川さんが多人数企業に何を求めるのか、ぜひお聞きしたいです」

にこりと笑った天間に、彼女も納得したようだった。左耳を人差し指でカリカリと掻きながら、小さく肩を落とした。

「今言った通り、私のいた部署は人数も少なかったので、全員の顔が見えるし、上司にも気さくに声をかけられるし、それなりに裁量権も与えてもらえて、仕事自体は面白かったんです」

「中小企業のいいところですよね。密な人間関係の中で、専門性をしっかり高めていける」

「そうですね。部署は圧倒的に男性が多かったんですけど、そのせいで大変な思いをすることもほとんどなくて、皆さんいい人達でした」

「仕事にやり甲斐もあって、人間関係も良好だったということですね」

「ええ、新卒で入った会社でしたし、いろいろ勉強させてもらったと思います」

長身の天間は、当然ながら椅子に腰掛けても視線が高い。なのに彼は皆川と目を合わせて話していた。猫背にならないよう、上手い具合に前屈みになって。

「では、どうして皆川さんは退職を決意されたんですか？　良好だった人間関係に変化が生じてしまったとか？」

「そうですね。営業部には私ともう一人、女性社員がいました。三歳年上の先輩で、新人の頃にたくさんお世話になりました。その人が結婚して産休と育休を取ることになって、先輩の分の仕事を私がすべて引き継いだんです」

「女性社員が持っていた仕事は女性社員に。企業規模にかかわらず、ありがちな采配ですね。単純計算で、皆川さんの仕事量は倍増してしまったのでは？」

俯きがちだった皆川が、ふっと天間を見る。

「はい、すごく増えました。お世話になっていた先輩だし、かなり無理して一年ほど仕事をしました。でも、先輩が復帰しても時短勤務だったり何だりで、私に引き継がれた仕事の半分はそのままで」

「期限があれば頑張れたものも、そうでなくなったら耐えられなくなった」

「はい、ホント、そうなんです」

三度深々と頷いた皆川の声は、面談の最初よりずっと力強くなっていた。

「もし自分がいつか産休や育休を取ったり、病気や怪我で今まで通りの働き方ができなくなったりしたとき、誰かにこういう負担を強いてしまうのかなって思うと、先々のことが不安になってしまって」

「なるほど、それは大変でしたね」

柔らかだった天間の声色が、さらに優しげなトーンになる。何も言わずPCで社内求人データベースを検索し出す。先ほど使い方を教えたばかりなのに、何年も使っていますよ？　と言いたげな慣れた手つきで。

「僕が過去に担当させていただいた方にも、同じような理由で転職活動をされた方が大勢いました。会社の規模の大小にいい・悪いはないと思いますが、やはり産休や育休のサポートを充実させるには、サポートするだけの人員がいないと無理です。産休・育休だけでなく、体調不良で一人休むだけで仕事が回らない、周りに迷惑がかかる、だから休めない、なんて問題も原因は同じですからね」

データベースの検索結果を確認し、天間は満足げに頷いて笑みを作った。

「皆川さんの希望条件でご紹介できる企業、たくさんあります。僕の方で皆川さんの希望に合致する企業をご紹介させていただきます」

「本当ですか……ありがとうございます」

面談ブースにやって来たときはあんなに淡々としていた皆川の声に、やっと色がついた。真一文字だった唇も緩んで、「よかったです」と笑みまで浮かべる。

彼女はそのまま、来たときより明らかに軽い足取りで帰っていった。

魔王が……来栖が面談した求職者とは大違いだ。大概の求職者は、憤慨するかしょんぼり肩を落としながらエレベーターに乗り込んでいくのに。

「天間さん、人の話を聞くのがお上手なんですね」

「え、このくらい普通じゃありませんか？」

エントランスから面談ブースへ戻りながら、天間が目を丸くする。言われてみれば、そうかもしれない。来栖がとびきり変なだけで。

「でも、皆川さん、最初はとても口が重かったじゃないですか。それがどんどん前の会社のことを話してくれるようになって、最後はとても前向きになっていたので」

「ああ、あれはちょっとしたコツがあるんですよ」

面談ブースの椅子を整え、ウェットティッシュでテーブルを丹念に拭き、天間はかしこまった様子で千晴に向き直る。

「未谷さんには、皆川さんがあまり話をしたがっていないように見えたんですよね」

「はい。最初はとても素っ気ない雰囲気で話していたので」

「その素っ気ない皆川さんが、最後は自分から話をする姿勢に変わっていたから、僕が天性の聞き上手だと思った、と？」

「そうですね、コツがあるなら私も教えていただきたいです」

「これがコツですよ」

いたずらっぽく笑った天間が、「わかります？」と千晴の顔を覗き込む。

「別にそんなにすごいことじゃないんです。まずは、頷きながら相手の話をよく聞く。そして、ときどき相手の話を要約して、相槌代わりに投げ返すんです。すると、相手はまずこうリアクションするんです。『はい、そうです』って」

先ほどの天間との会話で、自分がその通りのことをしていたことに気づいた。「はい」「そうですね」と大きく頷きながら、天間と話した。

そしてそれは、皆川も同じだった。

「自分の話を要約して投げ返されたら、その人は『はい、そうです』と頷きます。自分が話したことなんだから、当然ですよね。これはとてもポジティブな行動です。繰り返すことで人はその会話に徐々に前向きになって、自然と自分から話をしてくれるようになります」

「な、なるほど」

聞いてみれば「なんだ、それくらいのことなのか」と拍子抜けしてしまうが、そんな些細な気遣いで話しやすい空気を作れるなら、やってみる価値は充分にある。

何より、穏やかに面談するに越したことはない。

「僕も、ビジネスコミュニケーションの本で読んで実践し始めたことなので、未谷さんもよかったらどうぞ。僕らの仕事は、求職者から話を聞けないと始まら――」

天間の話を遮るように、隣の面談ブースから「もういいです」という声が飛んできた。椅子を引く苛立った音のあと、荒っぽい足音が近づいてくる。

千晴達のいる面談ブースに飛び込んできたのは、二十代半ばくらいに見える男性だった。結び目の歪なネクタイを振り乱して、千晴と天間を交互に見る。

そのまま、天間に歩み寄った。

「あのっ、俺の担当、替えてもらえませんか？」

あの人、嫌です！　と彼は自分がいた隣のブースを指さす。カツンと杖を鳴らしてブースから出てきた来栖に、千晴は頭を抱えた。

石岡遥太

「俺、商品企画部に異動になってさ。新商品が出るときは連絡するから取材してよ」

大学の同期・品川が差し出した名刺には、商品企画部・グループリーダーという肩書きが記されていた。新卒で飲料メーカーに入社したとき、「商品企画部を志望したのに営業部に配属された……」と飲み会で肩を落としていたのに。

品川の名刺を見下ろしながら、石岡遥太はレモンサワーに口をつけた。

「へえ、五年も営業で耐えた甲斐あったじゃん」

「最初は嫌だったけどさあ、意外と営業も面白かったよ。商品企画をするには欠かせないこと、たくさん勉強できたから。グループリーダーの肩書きももらえたし」

真っ白な泡が眩しい生ビールをぐぐっ、ぐぐっと一気に飲み干した品川は、早速二杯目を注文した。八人が座れる大きなテーブルはまだ半分しか埋まっていない。金曜の夜だから、みんな仕事が片付かず遅刻するらしい。

「ていうかグループリーダーって何よ。給料上がるの？」

「一応な。年齢分くらいはもらってる」

自分達は今年二十八になるから、月収二十八万か。へえ、ふーん、と頷きながら、遥太はとりあえず注文した枝豆をポイと口に放り込む。

確か、品川の初任給は二十一万円だった。新卒の頃に友人同士で飲んだとき、「月給二十一万から諸々引かれて、そこから奨学金を返済したらカツカツで辛い」と愚痴っていたのを覚えている。

「なになに？　品川、昇進したの？」

遥太の隣にいた吉木が、ビールジョッキ片手に品川の名刺を覗き込む。

「昇進と言えるのか微妙なところだけど、一応リーダーになったよ」

「いいじゃん。役職分の手当が出るなら立派な昇進じゃん」

吉木は、大学卒業と同時にＩＴベンチャー企業に進んだ。当時は小さく薄給だった会社もこの五年で急成長し、今ではかなりの給料をもらっているらしい。これは、友人づてに噂で聞いた。

「せっかく商品企画部に行けたし、新商品が出るときは石岡に取材を頼んで記事にしてもらおーって思ってさ」

ビール一杯で酔いが回ってきたのだろうか、品川は奇妙なくらいニコニコしていた。同じ大学でキャンパスライフを送り、苦労して就職活動をして社会人になった同級生が、みんなそれぞれの場で頑張っている。それがそんなに嬉(うれ)しいのだろうか。

「石岡は最近忙しいの？」

吉木の問いに、遥太はかぶりつきかけた唐揚げを取り皿に置いた。

「まあ、気楽にフリーライターやってますよ。気が向いたらリサーチがてら短期バイトして気分転換してる」

「おーいいね、フリーランスって感じ。今は何系の記事書いてるの？」

「何系って言ってもなあ」

スマホを取り出して、映画やテレビドラマの情報を集めたウェブサイトを検索し、二人に見せてやる。

「いろいろ書いてるけど、最近多いのは映画系かな？」

テーブルにいた全員が、身を乗り出して遥太のスマホを覗き込んだ。

「え、すごい。渚優美(なぎさゆみ)の取材したの？」

「したけど、この手の記事はいろんなメディアのライターが記者会見みたいに女優を囲んで一斉に取材するから、まともな会話なんてなかったよ」

「こういうメディアってさ、どうやって仕事もらいに行くの？　履歴書送るの？」

「前は過去に書いた記事を送って仕事をもらってたけど、最近は知り合いのライターとか編集者の紹介が多いよ。編集部も、〆切守るかどうかもわからない自称ライターに依頼するのは怖いんだろ」

「映画やサブカルはまだしも、健康とか医療関係の取材ってハードル高いだろ？」

「そこはひたすら勉強よ」

　新作映画の主演女優のインタビュー、トレンドグルメ店の紹介記事、話題のアニメやゲームの記事、健康や美容関連の記事を前に次々飛んでくる質問に答えているうちに、今日の主役がやって来た。遅刻していた友人も、同じタイミングでぞろぞろとやって来る。

「ごめん、仕事が終らなくて遅くなった……」

　テーブルの真ん中に追いやられるようにして座ったのは、大学時代に遥太と同じゼミにいた平井だ。いい意味でも悪い意味でもお人好しで、よくゼミやサークルの面倒事を押しつけられていた。会社員になってからもそれは変わらず、先輩から大量の雑務を任されて悲鳴を上げていた。

　その平井が、このたび二年付き合った彼女と結婚することになった。しかも、地道な雑務が認められたのか、係長に昇進することまで決まったのだ。今日は平井を祝うための会だった。

　新しいビールを吉木が人数分注文し、全員で乾杯をした。「かんぱーい！」という声があまりにも大きすぎて、周囲のテーブルの客が一斉にこちらに注目した。

　構わず、平井を祝った。それぞれの仕事が忙しくて、最近は揃って飲み会をすることも少なくなっていたが、友人の人生に大きな進捗があったことを祝った。

「俺さあ、石岡には感謝してるのよ」

　駅のホームで平井が突然そんなことを言い出した。二次会までしっかり飲んで、しっかり語らって、平井は千鳥足の一歩手前という状態だった。でもとても機嫌がいい。遥太の横で鼻歌まで歌っている。

　左手の薬指には、真新しい結婚指輪がある。

「え、俺、今日何かしたっけ？」

「今日じゃなくてさ、新卒一年目とか二年目とか、めちゃくちゃ仕事の愚痴を聞いてもらってたから。あれなかったら無理だったわぁ……」

「何かと思ったら、マジでただ飲んでただけじゃん」

あの頃は、月に一度は飲んでいた。それが二ヶ月に一度、三ヶ月に一度になって、それを過ぎたら一気に半年に一度になって、ついには年に一度になった。

そうやって、俺達は二十代を終えるんだな。「急行電車が参ります」というアナウンスを聞きながら、そんなことを思った。

「平井ってお人好しだから、これからも気をつけろよ」

急行電車がホームに入ってくる。同じ沿線に家があるが、遥太は急行、平井は各停に乗るから、ホームで別れるのはいつものことだった。

急行が走り出す瞬間、ホームで平井が手を振った。振り返すと徐々に電車はスピードを上げ、駅を次々通過していく。平井の最寄り駅も通過する。

十分ほど急行に揺られ、途中駅で各停に乗り換えて、さらに三駅。

駅から家に向かいながら、飲み会中にスマホに届いていたメッセージを読んだ。バイト先のファミレスの店長からだった。明日のバイトに欠員が出たから、夜のシフトに入ってくれないか？　という内容だ。

文面から「どうせ暇なんだから入れるでしょ？　フリーターなんだからさ」という本音が滲みに滲んでいる。むかつきはしたが、事実、予定は空いていた。すぐに返事をするのは悔しいが、すでに三時間たっているからよしとする。

大学を卒業して、友人達が会社員になる中、フリーライターになった。

社会に出るのが嫌だったわけじゃない。ただ、午前中の授業ですら出るのが億劫なのに、朝七時に起きて満員電車で出勤するのを「しんどすぎるだろ」と思った。上の世代に扱き使われる二十代、三十代なんて辛すぎる。四十代、五十代になったって、きっといい思いなんてできないのに。

就活が始まる少し前、先輩に紹介されてウェブライターをやった。昔から文章を書くのは得意だったし、与えられたテーマに沿って情報収集をして記事を仕上げるのは楽しかった。記事の評判がよくて、編集部から定期的に仕事をもらえるようになって、いい稼ぎになった。

居酒屋のバイトで酔っ払いに手を焼かされたり、コンビニバイトで厄介な客の相手をして受け取る給料よりずっといい額を、家でPCのキーボードを叩いて受け取ることができた。

そんなとき、記事を書くために読んだ『他人に使われる人生でいいのか』というビジネス書に、「他人に使われることを前提とした仕事をするな」と書いてあった。これからは副業やフリーランスの時代。自分のやり方で、自分のペースで、健康やプライベートを大事にしながら、好きなことや得意なことを仕事にして生きていく。そういう時代が来るのだ、と。

その通りだと思って、フリーライターになった。

満員電車での通勤もない、スーツを着る必要も、嫌な上司にヘコヘコする必要もない。理不尽な客に頭を下げることもない。自分の筆が乗る夜にしっかり仕事をして、朝はのんびり起きる。休みも自分で調整できる。平日の昼間にのんびり映画を観ることもできる。

こんな快適な生活をしながら、会社員になった友人達と同じ額の――いや、ちょっと多いくらいの稼ぎが毎月あった。

新入社員として心身を磨り減らす平井や品川を、可哀想だと思っていた。ITベンチャーで薄給で働かされる吉木も、可哀想だと思っていた。

俺は賢い選択をした。そう思っていた。

アパートの階段は照明が切れていて暗く、自分の家は真っ暗だった。1Kの部屋に置かれた大きなデスクにはノートPCが一台。椅子は腰を労るためになかなか高価なものを使っている。

でも、もう何週間もこのデスクでまともに仕事していない。いや、何週間はちょっとサバを読んでいる。ネットサーフィンでもゲームでもなく、しっかり記事を書く仕事なんて、もう一年以上やっていないのだ。

飲み会で友人達に見せた記事も、遥太が書いたものではない。仕事の話題が出ると見越して、無記名記事ばかりをあらかじめ選んでおいたのだ。

収入の大半は、ファミレスバイトだった。気が向いたらリサーチがてら短期バイトして気分転換？　違う違う、こっちが本業だ。

ああ、でも。家に帰って、つくづく思った。今日の飲み会はしんどかった。あんなふうに他人に扱き使われて磨り減らされたくないと思っていた友人達は、昇給したり役職がついたり、結婚が決まったりして、立場が逆転してしまった。

電車と一緒だ。こっちは急行電車に乗っている。平井は各停で帰る。電車の速さは遥太の方が上でも、各停で帰れるほどターミナル駅から近いところに平井は住んでいる。見方を変えたら、可哀想なのは俺だとすぐにわかる。

「あー……欺された」

デスクのチェアに深々と腰掛け、呟いた。大学時代から同じ部屋に寝起きしている自分の人生に、進捗が感じられない。あいつらの人生は進捗している。

デスクの横、本棚の一角にあの本がある。『他人に使われる人生でいいのか』が、この部屋の主のバイブルであるかのような顔で並んでいる。

作者はよく知らない会社の経営者だった。顔も思い浮かばなかった。くそ、欺された。そう思うのに、著者の顔が浮かばないから怒りをぶつけようがない。

他人に都合よく使われないことが賢い。そう書いてあったのに。ちょっと我慢すれば、昇進や昇給が待っていること。部下ができて、自分に決定権を持たせてもらえて、仕事が面白くなっていくこと。それなりにお金も稼げるようになること。そんなこと、この本には書いてなかったじゃないか。

思わず『他人に使われる人生でいいのか』を手に取って、キッチンにあるゴミ箱に突っ込んでやった。ちょっとだけすっきりした。

デスクに戻り、ＰＣの電源を入れた。

検索バーに「転職」と入力して、エンターキーを叩いた。

◇　◇　◇

シェパード・キャリアの受付の電話で名乗ると、木製の杖をついた男が現れた。背筋がピンと伸びた、仕事のできそうな男だった。その杖は実は仕込み杖なんじゃないか？　とさえ思うほどの迫力を感じた。

転職について調べたら、ＣＡには当たりはずれがあると散々出てきた。ソシャゲのガチャみたいなものだとまで書いてあった。いいＣＡに当たればいい転職ができる。駄目なＣＡはとことん駄目。

とりあえず、この男は当たりっぽい気がした。

「ＣＡの来栖と申します。石岡さんの担当をさせていただきます」

面談ブースに入ると、すぐ来栖が名刺を差し出してくる。遥太も自分の名刺を手渡した。実績やら何やらをゴテゴテと名刺に載せるライターもいるが、必死に実績をアピールしないと仕事をもらえない人間だと宣言しているようで、遥太は極力シンプルなデザインにしていた。

「大学卒業後、ずっとフリーライターをされていたんですね」

簡単な自己紹介を終えると、来栖が早速そう聞いてきた。手元のノートPCには、こちらがあらかじめ登録した履歴書や職務経歴書が表示されているのだろう。

「僕でも知っているような著名なメディアへの掲載実績が多数ありますね。転職をご希望される理由は空欄のままでしたが、改めて伺ってもよろしいですか？」

「ずっとフリーランスだったんで、一度会社員を経験するのもいいかなと思ったんですよね。確定申告も面倒だし、フリーランスって会社員に比べると税金とかいろいろ不利だし」

「会社勤めは会社勤めで、給料から天引きされるものがありますから、蓋を開ければトントンだと思いますけど」

転職したいと言っているんだから黙って進めればいいじゃないか——とは言葉にせず、別の理由を捻り出す。

「あと、企画を立てたりするのは企業の編集者なんで、そういうのをやるならやっぱり会社員かなと思って。五年フリーランスをやって実績もあるんで、一度そういうのも経験してみたいなと」

「フリーライターでも、自分で企画を立てて編集までやっている方も多いと思いますが、あくまで会社員になりたいということですね？」

こちらの揚げ足を取るような口振りに、思わず言葉に詰まった。愛想よく振る舞っていたのに、「あーはい、そうですね」と投げやりな返事をしてしまう。

「かしこまりました。では、ご登録いただいた条件の通り、ネットメディアもしくは出版・広告系の企業への転職をご希望ということですね。業界以外にご希望の条件はありますか？」

「今の時代に週五日出勤っていうのもナンセンスだなって思うんで、出社は多くても週二日くらいで、自由な働き方ができる会社がいいですね。自分、結構夜型なので。出社が強制じゃないなら、自宅から多少遠くても構いません」

「年収はどれくらいをご希望ですか？」

「まあ、そんなに金額にこだわりはないんですけど。同世代の会社員と同じくらいあればいいかなって思います」

「となると、石岡さんは二十八歳ですから、平均年収としては四百万前後ということでよろしいですね？」

「そうですね、それくらいあれば充分です。もちろん、多ければ多いほど嬉しいですけど。転職って自分の市場価値を高める手段でもあるじゃないですか」

「その他、新しい職場に求めるものはありますか？」

「そーですねえ……前時代的な職場は嫌ですね。上司にいちいち許可取らないと仕事が進められないようなところとか、おじさん上司が偉そうに踏ん反り返ってるだけの会社とか。会社員の安定を手に入れる代わりに嫌な上司を我慢するとか、そういうトレードオフな就職はしたくないんで」

「なるほど、それが、石岡さんが転職先に求める条件ですか」

　はい、こんな感じでお願いします。そう言いかけたとき、こちらの呼吸を遮るようにCAは――来栖という男は、言い放った。

「転職について、このような言説があります。未経験業界に行けるのは二十五歳まで、三十五歳が転職限界年齢。転職エージェントの報酬は求人企業側から支払われていますから、求職者のことなど何も考えず、企業の方ばかりを見ながら仕事をするCAがいる。いいCAを引けるかどうかが転職のすべて」

　来栖の顔を見た。ずっと見ていたはずなのに、きちんと認識できていなかったらしい。当たりっぽい男だと思ったのに、来栖の目は鋭かった。こちらを傷つけることを厭わない目だった。

取り乱したり、戸惑ったりしたら負けだと思った。何に対する負けなのかわからないけれど、負けだと思った。

「未経験業界に行けるのは何歳まで〜っていうのは、転職について検索したら随分出てきました。でも幸い、僕は未経験業界に行きたいわけじゃないので」

「いえ、石岡さんの場合、メディア系でも出版や広告系の企業でも、未経験と見られると思います」

「えっ、どうしてですか？」

取り乱したら負けだと思ったのに、声を張ってしまった。

「えっ、なんでですか？　なんで未経験なんですか？」

「職務経歴として石岡さんが書いてくださった掲載実績をチェックしたのですが、どれも三年以上前のものでした。もう閉鎖してしまったメディアもありましたね」

「ええ、そうですけど……」

大学の先輩から紹介されて仕事していたネットメディアは月間ＰＶ（ページビュー）数も高く好調だったが、数年で失速し、閉鎖された。

「最近はライターとしてあまりお仕事されてなかったのでは？」

「まあ……ファミレスでバイトしたり、しながら」

「選考を受ける場合、石岡さんは〈正社員になりたいフリーター〉として選考される可能性が高いです」

「いや、でも、ライターはちゃんとやってましたよ」

「それはよくわかります。ただ、実績としては評価されにくい、ということです」

はあっ？　ふざけんなよ。声に出さなかっただけ、褒めてもらいたい。

このＣＡは駄目だ。はずれもはずれだ。客の長所を見つけようとしない。

適当に受け流して、帰ろう。揉めるのも面倒だし、評判のいい他の転職エージェントを探して……そう決めたとき、隣のブースに別のＣＡがいるのに気づいた。

「もういいです」

席を立っても、来栖は狼狽えもしなかった。それに余計に腹が立った。

「あのっ、俺の担当、替えてもらえませんか？」

隣の面談ブースへ飛び込むと、背の高い男性と、眼鏡をかけた女性がいた。女性は目を丸くして後退りしたが、男性の方は笑みを絶やさなかった。

だから、そちらに歩み寄った。

「あの人、嫌です！　揚げ足ばかり取るし、嫌味しか言わないし、人の長所を褒めないし、あんなのＣＡ失格じゃないですか」

「弊社は担当の変更希望は受け付けていないんですよ」

杖をつきながら来栖がやって来る。心底呆れた、という顔で。

「えー、いいじゃないですか」

ひどく明るい声でそんなことを言ったのは、長身のCAだった。胸からぶら下がったネームプレートには、「天間聖司」と書いてあった。

「だってこの方、担当が替わらないと他のエージェントに行ってしまうと思いますよ？」

遥太と来栖を交互に見ながら笑いかけてきた天間に、大きく頷いてやる。

「そうですね、担当を替えてくれないなら他の転職エージェントを探そうと思います」

「なら、その前に特例ということで僕に担当させてください。会社としても、その方がずっといいと思いませんか？」

念を押された来栖は、表情を変えることなく「そうまで言うのなら、天間さんが担当をしてください」と肩を竦めた。内心で思いきりガッツポーズをしてやった。

「CAの天間と申します。改めてよろしくお願いします」

腰の低い丁寧(ていねい)なCAだった。来栖とは正反対だが、こちらもこちらで仕事ができそうに見える。何より人当たりがいい。

今度は間違いなく、当たりだ。

未谷千晴

石岡遥太の面談を始めた天間の顔を、千晴はしばらく凝視（ぎょうし）してしまった。

シェパード・キャリアでは基本的に、求職者からの担当変更のリクエストには対応していない。まさか、勤務初日にルールを破って、来栖から担当求職者を奪（うば）ってしまうなんて。

石岡は、転職を決意した経緯（いきさつ）や転職先に求める希望条件について話した。来栖が自分の実績を評価してくれなかったことも、愚痴交じりに教えてくれた。

「なるほど、確かに掲載から年数がたっていると、最近の実績として評価されにくいというのはあるでしょうね」

天間の一言に、石岡があからさまに警戒（けいかい）したのがわかった。シェパード・キャリアに登録されている彼の経歴を見る限り、フリーライターと言いながらここ数年は実績がない。

だが、天間は柔和（にゅうわ）な表情を崩（くず）さない。

「しかし、石岡さんのフリーライターの実績は間違いなく存在するわけですから、アピールの仕方次第だと思います」

「そうですかっ、よかったです」

石岡がやっと肩の力を抜いた。一体、どれだけ険悪なやり取りを来栖としたのか。

「転職の希望条件は、ライターとしての経験を活かせて、自由な働き方ができて、年収は四百万円程度かそれ以上を希望とのことですね」

天間が石岡の経歴を前向きに捉えたとしても、実際問題、この条件の企業が石岡をいい人材と見なすだろうか。横で話を聞きながら、ずっと千晴は考えていた。

どれだけ笑顔で話していても、天間だってそのあたりのことは察しているはずだ。

「例えば、即戦力として記者や編集者を募集している大手新聞社や出版社はハードルが高いと思いますが、文章力や取材力のある人間がほしいと思っている会社は他にもたくさんありますから、ライターの経験を活かせる業界・職種を、僕の方で幅広く探してみますね」

「そうですね。僕も別に、絶対に記者じゃないと嫌だとか、編集以外はやりたくないってわけじゃないので、その方向でお願いします」

業界を狭めたら間違いなく選考が厳しくなるから、まずはターゲットを広く設定する。それを求職者に快く受け入れさせた。

「入社直後からリモートワークというのは、転職者にとってデメリットになる場合がありません。会社の雰囲気や価値観を把握できないままのリモートワークは、いらぬトラブルの原因になったり、仕事をスムーズに進められないなんてことを招く要因になりますからね」

「あ、じゃあ、通勤時間がそんなに長くないなら、もうちょっと出勤日があってもいいです。始業時間が自由なら、別に週五でもいいし」

「それなら選択肢が広がって、よりいい企業をご紹介できると思います」

上手い具合に希望条件を変えさせた。相手の要望を否定せず、現実的なラインにのせた。これならきっと、石岡に紹介できる企業も増える。

そこから天間は、石岡がフリーライターになったきっかけや、最近のアルバイトのことを詳しく聞き出した。天間の話術に綺麗に嵌まった彼は、「はい」「ええ」「そうです」を繰り返しながら饒舌にこれまでの仕事の話と、それ以外のプライベートなことまで話してくれた。

「会社員になって消耗するのが嫌だったからフリーライターになった」と言うだけあって、就職や働き方には一家言あるようだった。自分を磨り減らすだけの仕事の仕方はこれからの社会に合ってないとか、好きなことややりたいことを仕事にしていくのが今後は主流になるとか。

どれもどこかの自己啓発書やビジネス書で読んだことがあるようなものだったけ

れど、天間はそれを適度な相槌を打ちながら聞き続けた。大学卒業直後に石岡が懇意にしていたウェブメディアが閉鎖されたとき、編集部からのライターの扱いがそれはもうひどかったという愚痴にも、親身に付き合った。

「では、ここから僕と一緒に頑張りましょう」

天間にそう促された石岡は、最終的に満面の笑みで、意気揚々とエレベーターに乗って帰っていった。

「僕の面談、変でしたか？」

一時間ほど前に皆川晶穂を送り出したのと全く同じシチュエーションで、天間が聞いてくる。

「いいえ、変じゃないです。来栖さんがとびきり変なんだとしみじみ思っただけで」

「来栖さんの噂は聞いていましたが、僕もあそこまでとは思いませんでしたよ。最初の石岡さんの顔、見ました？　目が完全に据わってましたもん」

「石岡さん、結構頑なな様子だった上に希望条件がなかなかハードルが高かったので、否定せずに上手く条件を緩和させたのはお見事でした。石岡さん、全然不満そうじゃなかったし」

「最初から何もかも無理ですす難しいですと言ったら、彼もモチベーションが下がるじゃないですか。まずは気持ちよく転職活動をスタートしないと」

ははは っと笑顔を見せた天間が、かしこまった様子で告げる。

「僕のCAとしてのモットーは、『優しく、親身に、最後まで笑顔で転職』なので」

あまりに言っていることが真っ当すぎて、すぐに「そうですね」と返せなかった。はあ……という感心したような圧倒されたような、そんな溜め息がこぼれた。

「待って、それ大丈夫だった？　来栖の求職者を奪ったってことだよね、それって」

わざわざ給湯室まで千晴を引っぱっていった広沢が、念には念を入れて小声で聞いてくる。なのに、営業の横山までが「マジかよ、殴り合いにならなかった？」と割り込んでくる。

「それが、意外とすんなり担当を変更しようということになって、そのまま天間さんと私で面談の続きを……」

「うわ、それは怖いね。絶対あとで何か起こるよ」

「違いない。間違いなくあとで恐ろしいことになるぞ」

大真面目に言う二人に、千晴は反論できなかった。

給湯室から、三人で来栖のデスクを窺う。千晴とコンビを組むことになった天間も、もちろん彼と同じ島でデスクを並べている。

「二人とも素知らぬ顔で仕事してるよ」

あそこに戻らなきゃ駄目？　とぼやく広沢に千晴は大きく頷いたが、結局、彼女に背中を押される形で二人一緒にデスクに戻ることになった。

「天間さん、先ほどの石岡遥太さんの件ですけど」

「石岡さんの希望に合致する企業、早速いくつかピックアップしてみました」

なんてことない顔で、天間がPCを見せてくる。ネットメディアを運営している会社を中心に、広告系やマーケティング系の会社、アプリやゲームの企画・制作を行う会社などがリストアップされていた。

「念のため、各企業のほしい人材像は営業さんに確認しておきます。裏スペックではじかれてしまうようなら、あらかじめリストから外しますし」

企業の求人票には求める人材像や条件が記されているが、そこにはない情報も、もちろんある。「未経験ＯＫ」とあっても、「でも基本は即戦力となる経験者がほしい。未経験者でも、よほどいい人がいるならほしい」というのが本音の可能性だってある。そういう情報を各企業の営業担当は掴んでいるから、ＣＡは求職者に紹介する前に必ず確認する必要がある。

「あと、こちらは皆川晶穂さんにご紹介したい企業です」

こちらはこちらで、従業員数の多い医薬品メーカーの営業職がリストアップされている。ただ企業規模が大きいだけでなく、産休や育休を始めとした働く女性へのサポートが充実していたり、社を挙げて働き方改革に力を入れている企業が並ぶ。千晴が指摘すべきところなんて一つもない。

「バッチリだと思います。皆川さんは前職の実績もありますし、早めに決まりそうですね」

「ええ、僕もそう思います」

天間は早速二人に求人紹介のメールを送った。恐らく二人とも、天間が送った企業の中から第一候補を選ぶだろう。それくらい、面談結果をしっかり踏まえたリストだったから。

ＰＣに向かう天間を尻目に、千晴はさり気なく来栖に歩み寄った。

「あの、先ほどはすみませんでした。石岡遥太さんの件……」

「別に、他社に行かれるよりは何倍もマシだから、よかったんじゃないの」

と言いながら、来栖は自分のＰＣから視線を外さなかった。両腕を組み、難しい顔で画面を見ている。映し出されているのは、石岡遥太と皆川晶穂の履歴書だった。

いや、めちゃくちゃ気にしてるじゃないですか……とは指摘できなかった。

「未谷さん、ちょっとご相談があるんですけど」

天間が椅子から腰を浮かせたから、慌ててそちらに飛んでいった。来栖と彼を接近させるのは、怖すぎる。

「はいっ、なんでしょうか」

「皆川さんと石岡さんが選考を受けたい企業を無事決めたら、それぞれの企業を一日見学してこようと思います」

「……はい？」

「ついでに従業員へのヒアリングもやってこようと思うんですが、未谷さんも行かれますか？」

今日のランチは何にする？　そんな軽やかな口振りだった。嘘でも演技でもなく、それくらいのテンションで天間は問いかけている。

「一日見学と、ヒアリング？」

「ええ、時間がかかるので、お忙しいようなら僕一人で行って来ますので」

周囲を見回した。それぞれの業務をこなしていたはずの社員達が手を止め、「今なんて言った？」「一日見学って言った？」という顔でこちらを見ている。

「天間さん、それって……」

「担当する求職者のために、選考を受ける会社がどんな企業なのか、僕が彼らの代わりに一日見学し、従業員の生の声を聞いてこようというだけのことですよ」

だけのことと彼は言うが、そんなことをしているＣＡ、シェパード・キャリアでは聞いたことがない。恐らく、他社にもいないだろう。

「……本気ですか？」

「いつもやっていることですよ。社長にも許可をもらっています」

口角を柔らかく上げたまま頷いた天間に、どうしてだか胃袋の下の方がぎゅっと強ばった。心が一歩後退った。

その日の夕方、皆川と石岡からメールが届いた。天間が送った求人票に対し、それぞれ第一候補の企業を選んでいた。

数日後、天間は本当に二つの企業の一日見学に行ってしまった。

◇　◇　◇

「爽やかで愛想のいいＣＡが転職してきたって思ってたんだけど、もしかして天間さんも結構な変人だった？」

エントランスのベンチに腰掛け、営業の横山が唐突にそんなことを呟いた。

「天間さんもって、うちに変人がもう一人いるみたいじゃないですか」

とぼけてそう返したが、横山は答えるのも面倒だったようで「普通行かないよな？」と質問を重ねてきた。

「ＣＡ二年目の私はともかく、広沢さんが『絶対やらない』って言うんですから、普通は行かないでしょう」

「だよな。求職者が選考を受ける企業にいちいち一日見学に行くなんて、体がいくつあっても足りねえよ。大体なんだよ、一日見学って」

「出勤時間に合わせて会社にお邪魔して、終業時刻まで見学するらしいですよ」

つまり、朝の九時から、夕方の六時まで、ずっと。聞いたときは正気を疑ったが、天間はあの穏やかな笑みを浮かべたままだった。

腕時計で時間を確認した横山が、「そろそろ行くか」と立ち上がる。げっそりと疲れた様子なのは、天間が一日見学に行った皆川晶穂と石岡遥太が選考を受ける企業が、どちらも彼の担当だったからだろう。

「そんなこと顧客に頼めるか！」と一度は突っぱねた横山だったが、「なら僕が自分で交渉しますね」と言った天間にあっさり企業からのOKを取り付けられて、立つ瀬がなかったらしいから。

エレベーターで人事部のある五階に上がる。ビルの三階から五階が、石岡が第一希望に選んだネットメディア運営会社のフロアになっていた。経済、エンタメ、グルメ、健康、美容などなど、さまざまなジャンルのメディアを展開している。

人事部を訪ねると、ちょうど天間が編集部から戻ってきたところだった。彼が見学していたエンタメ情報メディアの編集長が、わざわざ千晴と横山に挨拶してくる。

「天間さん、業務のお手伝いもしてくださって、とても助かりました」

　編集長と人事担当者二人に直々に礼を言われ、横山が「こちらこそご迷惑を！」と何度も何度も頭を下げる。

「いっそのこと、天間さんがうちの編集部に来てくれたらいいのにと思っているくらいですよ」

「いえいえ。僕よりずっと優秀な方が、御社を志望していますから」

　畑違いの企業で業務の手伝いまでしたというのに、天間の笑顔は一ミリと崩れていなかった。編集長と握手までした天間を連れ、最後に丁重に人事担当者に礼を伝えてから、会社の入るビルを出た。

「お二人ともすみませんでした。お迎えみたいなことをしていただいて」

　天間が千晴と横山に一礼してくる。千晴はもちろん、横山より彼は長身なのだが、やはり下から上目遣いをされているような印象を受けた。

「いえ、俺は営業担当なんで、さすがに人事部には一言お礼を言わないと」

「私も、天間さんとコンビを組めと社長に命じられたので」

　何より、天間の言う一日見学とやらがどんなものなのか、興味があった。

「天間さん、本当に一日見学……というか、業務体験をしてきたんですね」

「はい、ネットメディアの編集部は初めてでしたけど、なかなか面白い仕事ですね。ランチの時間に従業員の皆さんのヒアリングもさせてもらえて、とても勉強になりました」

「前のエージェントでもこんなことしてたんですか？」

駅に向かいながら天間に問いかける。「ええ、そうですよ」と軽やかに頷いた彼に、横山が「うわ、マジか」という顔をした。これがこれから続くのか……と目が嘆いている。

「どうしてこんな面倒なことをするのか？　お二人とも、そういう顔をしていますね」

「おっ、よくわかってるじゃないですか」

横山が肩を竦めた。堪らず千晴も強く頷いてしまった。横山と千晴を交互に見て、天間は語り出した。

「皆川さんは前職で会社という組織に不信感を抱いています。石岡さんはフリーライターですが、不信感という意味では皆川さん以上です」

確かに、第一候補を無事に決めた二人だったが、どちらのメールにも「いい会社に見えるけど、この会社は本当に大丈夫ですか？」という内容の質問があった。

「特に石岡さんは、会社とは自分を欺して使い潰そうとするもので、自分とは合わない前時代的な人間が牛耳っている組織だと警戒していました。求人票に書いてある条件も『裏があるかも』と疑っていましたしね。風通しがよく、アットホームな雰囲気の会社だと人事担当者の声を伝えても、『人事はいい人でも、配属先の部署に嫌な人がいるかも』という始末です」

石岡のメールは千晴もCCで受け取っていたし、天間と彼の電話の内容も共有されている。石岡の警戒心はなかなかのものだった。

「石岡さんほど顕著ではありませんが、皆川さんも同様の警戒をしています。僕が一日見学でもしないと、二人は安心できないのではないかと」

でも。言っていいものか迷った末、思い切って問いかけた。

「でも、一日体験入社したところで、わかるのは結局、天間さんというお客さんが来ているときの〈余所行きの顔〉なのでは……？」

「その通りですよ」

笑顔を崩すことなく、天間は答える。

「でもね未谷さん、求職者はそれすらわからない状態で不安を覚えながら選考を受けて、入社するんです。少しでもそれを解消してあげたいじゃないですか」

本当に、何でもないことのように天間は言う。ただでさえ背の高い彼を、大きく仰ぎ見るような気分にさせられた。きっと、横山も同じだろう。

「それに、こうして見学させてもらうとわかるんですけど、未谷さんの言う〈余所行きの顔〉すら保てない会社や部署もあるんですよ。そういうところに限って、『うちはアットホームな会社。みんな楽しく働いてる』って言うんです。そんな会社に大切な求職者を放り込みたくありませんから」

思わず足を止めたのは、千晴だけでなかった。天間を挟んで反対側で横山も呆然と立ち止まった。天間だけが、三歩先で立ち止まる。街灯の明かりがつき始めた歩道の真ん中で、彼は何事かという顔で千晴達を振り返った。

「どうしました？」

横山の顔を見たら、彼も同じように千晴を見ていた。阿吽の呼吸を取れるほど彼と親しいわけではないが、二人揃って「いえ、何でもないです」と首を横に振った。

直帰する天間と途中で別れ、横山と会社に戻った。時刻は午後七時を回っていたが、面談ブースには会社帰りに面談をする求職者の姿がある。

「なんか、めちゃくちゃ真っ当なことを言われたのに、怖いって思ったわ、俺」

天間の一日見学とやらがどんなものだったのかを聞きに来た同僚に、横山がそんなふうに話すのが聞こえた。

そうなのだ。天間はとても真っ当なことを言っていた。担当している求職者のことを考え、ＣＡとしてできる限りのことをしようとしていて、それを偉ぶることも、こちらに強制することもない。

なんというか……コンビニでお釣りを募金箱に入れるような感覚で、「地球の裏側に困っている人がいるから」とボランティアに飛んでいく人を見ているようだった。そういうことをあっさりできてしまうという恐ろしさを孕(はら)んでいる。

「面白いことになったみたいだね」

呆然とデスクの椅子に腰掛けた千晴に、隣の席から広沢が聞いてくる。来栖が面談中だから、タピオカは広沢の机で丸くなっていた。

「なんというか、すごいＣＡがいたものだなと思って……」

勉強になりました。そう言いかけたところで、広沢がぐいっと千晴の方に身を寄せてきた。

「ねえ、ちょっと噂話してもいい？」

「ど、どうぞ」

「私が前にいたエージェントの同僚が、今は別の会社でＣＡをやってるんだけどね。そいつと同じ会社に、天間さんのいたエージェント出身のＣＡが働いてるの」

ただでさえ小声だったのに、広沢はさらに声のトーンを落とした。

「天間さん、求職者から〈天使のお仕事〉って呼ばれて大評判だったらしいよ」

「え、じゃあうちの会社って今、転職の魔王様と転職の天使様が両方いるってことですか……？」

　思わず、自分がデスクを並べる島を見た。こんな至近距離で魔王と天使が仕事をしているなんて、いつどんな大爆発が起こってもおかしくないではないか。

「でもね、そのエージェント、天使様が原因でトラブルが起こって、CAが大量離脱しそうになったんだって。だから代わりに、天使様が辞めたらしいよ」

　その後、エージェントをいくつか渡り歩いて、シェパード・キャリアに来た。そういうことなのだろうか。

「ちなみに、トラブルというのは？」

「それなんだよ。そこまで聞き出せなかったんだって。飲みながら聞いたんだけどさ、思わず頭に手刀入れちゃったよね」

　天使様の仕事があまりに天使で、担当替えをしてほしいという声が殺到したとか？　有り得そうだから怖い。一日見学に従業員ヒアリング、あの物腰柔らかで気持ちのいい面談。あんなCA、誰だって担当してほしい。それこそ、私だって――。

　私だって？　PCの画面を見つめながら、思わず首を傾げていた。

　一年と少し前、シェパード・キャリアで転職活動をしていた頃の自分は……来栖に言わせれば〈気持ち悪い社畜〉だった未谷千晴は、内定寸前までいった会社を辞退した。

あのときのＣＡが天間だったら、彼に「大丈夫ですよ。ここはいい会社です。安心してください」と導かれるがまま入社してしまった気がする。〈気持ち悪い社畜〉のまま、ただ会社を新しくしただけの生活を送っていた気がする。

想像したら、身震いがした。

「あ、うちの魔王のお帰りだ」

小声でくすっと笑った広沢の言葉に、千晴は我に返った。面談を終えてデスクに戻った来栖に、広沢が「ねえねえ、天使様の一日会社見学の話、聞いた？　聞いてないよね？」と問いかける。

「興味ないので結構だよ」

心の底から興味がない様子で、来栖は自分に寄ってきたタピオカの頭を撫でた。彼の中では天間の仕事ぶりよりタピオカを撫でる方がよほど関心が高いらしい。

「来栖のやり方と正反対だけど、思うところは何もないわけ？」

「俺と壊滅的に合わない求職者がいるように、彼みたいなＣＡじゃないと転職できない人間もいるってだけだろ」

ごろごろと喉を鳴らすタピオカを尻目に、何故か来栖の目が千晴に向く。先ほどの「私だって」が見抜かれたような気がして、千晴は無意識に息を止めた。

「未谷さんは、天使に導かれて破滅するパターンだろうけど」

一週間後、皆川晶穂と石岡遥太は揃って第一候補の企業に応募し、面接を受け、あっさり内定をもらった。

石岡遥太

やっぱり転職活動で大事なのは、当たりのCAを引けるかどうかだな。

シェパード・キャリアの入るビルのエントランスでエレベーターを待ちながら、そんなことを遥太は考えた。

著名なネットメディアを複数運営する企業から内定が出たことを友人達に伝えると、早速「また飲み会をしないとな!」という話になった。「石岡が会社員になるなんてな」と感心する彼らに、「これも人生経験よ」と笑いながら美味(うま)い酒を飲む自分の姿が思い浮かんだ。

何せ、CAの天間が一日会社見学と従業員ヒアリングまでしてくれたのだ。

会社のウェブサイトや採用サイトにはいいことばかり書いてある。転職専用の口コミサイトでいくら好評でも、どこまで本当かわからない。面接で感じた雰囲気だって当てにならない。向こうだって悪く見えるような振る舞いはしないし、入社してから人事部の人間と働くわけではない。

ＣＡが潜入調査までしてくれたのだ。百パーセントとは言えないが、かなり信用度の高い情報をもらえた。信頼できる人間が肌で感じた社内の雰囲気や、働いてる人間の生の声以上のものなんて、そうそうない。

おかげでこちらは自信を持って面接に臨めたのだから、やはりあのＣＡは当たりだった。きっと超大当たりの部類だ。

機嫌よくエレベーターを降りてシェパード・キャリアのドアを開けた瞬間、笑顔が吹っ飛んだ。

面談を終えた求職者を送り出す来栖が、目の前にいた。

「それでは、くれぐれも面接本番では変な緊張をしないように」

素っ気ない口振りで求職者を送り出す彼の横をいそいそと通り過ぎ、受付の電話に手を伸ばす。

「無事内定が出たようでよかったです」

あなたの実績を認めなかった僕の目が節穴でした。そんな態度ならまだ溜飲が下がるのに、相変わらず来栖は淡々としている。

「ええ、天間さんがいろいろとサポートしてくださったおかげで」

「今日は、入社日のすり合わせですか？」

「そうですね。あとはまあ、とてもお世話になったので、お礼も兼ねて」

嫌味を言ってやったつもりなのだが、やはりこの男は動じない。

それどころか、小さく小さく、唇の端っこで笑った。トンと体の前で杖をつき、遥太の名前を呼ぶ。

「石岡さん、他のCAの仕事に口を出すつもりはないですが、あんなに手取り足取りレールを敷いてもらったんですから、入社後は徹底して、自分の判断で仕事をしてくださいね」

言葉の端々に生えた棘が、こちらの神経を逆撫でする。確かにこちらはエージェントに金を払っているわけではないし、無料でサポートをしてもらっているのだが、それでも利用者を相手に一体どうしてこんな物言いができるのか。

「あなたが僕との面談でおっしゃっていたことの多くは、真っ当な意見でしたよ。好きなことや得意なことを仕事にしていく。前時代的な職場や上司に無理に合わせて自分を磨り減らす働き方はナンセンス。転職は自分の市場価値を高めていくもの。何かを得る代わりに何かを我慢するような働き方は時代遅れ——日本の雇用もどんどん変化していますから、新しい価値観をアップデートしていくことはとても大事だと僕も思います」

言葉を切った来栖が、遥太の目を見据える。その視線が、自分の中から何を釣り上げようとしているのか。想像するだけで、背筋のあたりが強ばった。

「今年の一月に発売された『新時代の転職と労働2・0』というビジネス書に同じことが書いてありましたね。去年のベストセラー『消費されない働き方』にも同じような項目がありました。あと、最近動画サイトで人気のキャリアコンサルタントらしき人も、ほぼ同じことを言っていますね」

背筋の強ばりは、はっきりと鳥肌に変わった。鳥肌は徐々に熱を持ち、猛烈な羞恥心になる。この男は、俺の家の本棚を見たのだろうか。俺のPCの、スマホの、検索履歴や動画の視聴履歴を、見たのだろうか。

今度は欺されない。そう決心して、まずは情報収集をした。情報源としたビジネス書や動画を、こうも言い当てられるなんて。

「……お詳しいんですね」

「こういう仕事ですから。できるだけ目を通すようにしているだけです」

趣味で読み漁っているわけでもない人間に軽々言い当てられてしまうような、その程度の知識しかお前は持ってないんだよ。そう突きつけられた気分だ。

「当たり前のことですが、その手の本や動画で得た知識をもとにあなたが何をしようと、それらの作者はあなたの人生に責任を持ってくれません。同様に、CAは求職者の人生に責任を持つことはできません」

「何が言いたいんですか」

「本来なら自分で考え、不安に思い、乗り越えるべきだったところを、天間という幸運なアイテムに安心を与えてもらい、乗り切った。なのでそのぶん、転職後に頑張ってくださいということです」

来栖がふっと肩を揺らした。呆れて笑ったのか、肩を落としたのか。どちらとも取れる曖昧な動きだった。

「担当外のCAが失礼しました」

軽く一礼して、来栖は「天間を呼びますので、面談ブースへどうぞ」と去っていく。

わかってるし！　杖を突きながら離れていく背中に、そう投げつけてやりたい。転職後に頑張ってください？　そんなこと、重々承知している。

自分が百パーセント正しい答えを出せるとは限らないから。見誤る可能性が、欺される可能性があるから。失敗してからリカバリーを頑張るなんて、馬鹿みたいだから。コストパフォーマンスが悪いから。

◇　◇　◇

だから、当たりのCAに頑張ってもらった。一体、それの何が悪いというのだ。

面接のために数回訪れたから、迷うことなくエレベーターで人事部のフロアに向かった。面接担当者に一言挨拶してから、編集部のあるフロアに移動する。

ビル自体が新しく、明るい雰囲気の社屋だった。勤務中の服装の規定もない。すれ違う社員の格好も、派手すぎずダサすぎず。廊下（ろうか）の一角の打ち合わせブースでは、午前中にもかかわらず若手の社員が熱心に資料を見せ合っている。

労働時間はフレックスタイム制で、社員それぞれが自分の仕事に合わせて自由に出社時間を決められる。転職者の割合が多いから、年齢や社歴関係なく活発な意見のやり取りがある。転職者の肩身も狭くない。不機嫌さを露（あら）わにして周囲をコントロールしたり、部下を怒鳴（どな）りつけたりする上司の姿もなかった。若手社員が積極的に意見を言っているのが印象的——全部、一日会社見学をした天間からの情報だ。

勤務初日のドアを、こんなに安心して開けられるとは。天間に感謝しながら、遥太は「失礼します！」と編集部のフロアに足を踏み入れた。

最終面接でも話した編集長が遥太を迎え入れてくれた。「午後出社やリモートの社員もいるから、全員じゃないんだけど」と前置きして、遥太のことを紹介する。

「今日から編集部に来てくれる、石岡遥太さんです」

促されるまま、遥太は自己紹介をした。ちょっと古いが、過去のフリーライターとしての実績もしっかりアピールする。

「最近はライターの仕事はお休みされていたようですが、ライティングの経験はバッチリです。企画もガンガン立ててもらおうと思います。頼りにしちゃいましょう」

いやいやそんな。謙遜しようとしたのに、編集長は笑顔のままこう続けた。

「なんといっても、シェパード・キャリアの天間さんのお墨付きですからね。うちら、大当たり人材を引いちゃいましたよっ」

編集長の言葉に、フロアから拍手が湧く。そのまま遥太はデスクに案内された。

真新しいノートPCに文房具、名刺、入社祝いのマグカップまで用意されていた。

椅子の座り心地はよかった。PCを立ち上げている間に、試しに一番上の引き出しを開けてみた。

そこには、文章がプリントされたA4の紙が一枚入っていた。ライターが書いた原稿を、誰かが添削したらしい。赤ペンで誤字脱字の指摘が入っている。

赤字のコメントの末尾には「天」の字があった。

「あ、それ、天間さんが添削してくれたやつだ」

隣のデスクにいた女性社員が原稿を取り上げ、「もういらないから捨てちゃっていいですよ」と丸めてゴミ箱に放る。

「天間さん、原稿チェックなんてやってたんですか……?」

「『ただ見学してるだけじゃ申し訳ないし、せっかくなら仕事内容を体験した方がいいから』って、バリバリ手伝って帰っていきましたよ」

ああ、どうりで。どうりで彼からの情報が綿密だったわけだ。見学どころか、天間はこの場所で一日働いていたのだから。

――なんといっても、シェパード・キャリアの天間さんのお墨付きですからね。

そう言った編集長が満面の笑みだったことを、今更ながら思い出した。

「そんなに転職に怯えてたんですか？」

自分のノートPCのキーボードを忙しなく叩きながら、彼女は話しかけてきた。

「え？」

「私、この会社が転職二回目ですけど、転職エージェントの人間に会社見学させる人なんて、初めて見たから。うちの会社がよほど信用できなかったんですね」

でも、そこまでしてうちに来たんだから、あなたは有能なんでしょうね？　流し目でこちらを見てきた彼女に、そう問いかけられた気がした。

別の社員が声をかけてきた。歳の近い男性社員だった。社内クラウドにアクセスするための設定を親切に教えてくれた。

「企画会議が明日あるんですけど、編集長が早速参加してくれって言ってました」

「企画会議ですか？」

「はい、全員参加の企画プレゼン大会みたいな感じです。あとでテーマとか諸々説明しますんで」

やばいやばいやばいやばい。自分の背骨を、そんな声が駆け抜けていく。むず痒いような、ちょっと痛いような緊張感が。

ＣＡに体験入社までさせて、転職先を選り好みした。みんな、俺のことをそう思っているのだろうか。ＣＡがそこまでして送り込む人材なのだからよほどの逸材だと、そう思われている？

だとしたら……。

明日の企画会議で、いや、今後の仕事のすべてで、優柔不断さや不甲斐なさを見せたら、彼らは遥太のことを「なんだ、自分で自分のことを決められないただの甘ったれだったのか」と見なすはずだ。「こんなことならＣＡの天間さんが転職してくれたらよかったのに」と思う人間だっているかもしれない。

――入社後は徹底して、自分の判断で仕事をしてくださいね。

あの男が……来栖が言いたかったのは、こういうことか。

デスクの書類ケースに、新品のノートが一冊入っていた。鞄からペンケースを引っ張り出し、ノートの表紙に大きく石岡遥太と名前を書く。

転職という最も難しく大事な場面を、大当たりのＣＡにおんぶに抱っこで乗り切った。難しい決断を、ゲームで言うところのチートアイテムというやつですんなりクリアした。

その代わり、ここからは自分で判断して、選んで、やっていかないといけない。ノートの表紙に黒々と光る自分の名前を見下ろして、大きく深呼吸をした。腹を決めろ。じゃないと、せっかくの幸運な転職が無駄になってしまう。駄々をこねて担当ＣＡを替えるくらいに自分に価値があると思っていたのだから、覚悟を決めて、ここで働かないと。

「すみませんっ」

隣に座る女性社員に声をかけた。

「明日の企画会議のテーマ、何ですかっ？」

第三話

転職を生き甲斐みたいにしては駄目です

三十九歳／男性／不動産会社 営業職

未谷千晴

「うわあ、来ちゃったよ……」

出勤してPCを立ち上げるなり、広沢はデスクに突っ伏してしまった。あまりに見事な頭の抱え方で、そんなに厄介な求職者でもいるのだろうかと心配になった。それどころか、来栖までが苦々しい顔で「広沢、まさか」と呟く。

「来てしまったのか」

「あと一年くらい先かなと思ったのになあ」

「確かに、予想以上に早いな。今年の梅雨明けと同じくらい早い」

今朝、関東に梅雨明け宣言が出された。確かに今年は梅雨が短かった。天間聖司がシェパード・キャリアに転職してきたのはまだ梅雨入り前だった。千晴は一ヶ月ほど彼とコンビを組んだが、先週末をもってそれも終わった。見計らったように梅雨は明けた。

窓の外は早速カンカン照りで、入道雲が西新宿のビル群の向こうで大きく膨らむ。苦い顔をする来栖と広沢は、そんな景色とは正反対だった。

「未谷ぃ、私と来栖がこんなに頭を抱える理由を知りたいか？　知りたいよね？」

これは厄介な案件に巻き込まれそうだなとわかっているのに、好奇心には勝てず頷いてしまう。

「じゃあ教えてあげよう。シェパード・キャリアでかれこれ三回、人生でトータル七回も転職してる〈転職王子〉が、めでたく八回目の転職をするために面談希望のメールを送ってきたの」

「転職王子……」

魔王に天使に王子と慌ただしいな。チラッと来栖に視線をやって、同じ島にデスクを並べる天間のデスクを見た。彼は今日も元気に一日会社体験に行っている。

そのせいで求職者一人あたりにかける時間が膨大なものになり、必然的に天間の担当数は減るのだが、その分をちゃっかり来栖がさばいて実績を上げていた。

「なんで俺と天間のデスクを見るわけ？」

めざとく千晴の視線に気づいた来栖に、慌てて「いえ、なんでもありません」と小刻みに首を振る。

「ほれ未谷、彼が転職王子だ」

広沢が自分のPC画面をつんつんと突く。転職王子とやらの履歴書だった。

「王子と言うからにはお若いのかと思ったら、三十九歳なんですね」

「でも、転職七回、次で八回目だよ？　単純計算で、一つの会社に三年以上いたことがないわけ」

転職王子の名前は八王子正道といった。なるほど、だから転職王子……と感心しながら彼の職務経歴に目を通すと、不動産会社や仲介業者を中心に、不動産営業職を渡り歩いていた。

「できる方なんですか？」

「仕事はね。行く先々で営業成績トップを取って、飽きたら他の会社に行くの」

「そんな傭兵みたいな……」

「傭兵だよ。よりスリリングな戦場を求めて旅するクレイジーなタイプの傭兵」

デスクに頬杖をついた広沢が、うう～んと唸って転職王子の履歴書を睨みつける。

「ねえ来栖、王子の担当、また私がやらなきゃ駄目？　会社としては報酬が入るからいい求職者なんだろうけど、人事担当者から『いい人だったのにすぐに転職しちゃって～』って嫌味言われるの、もう勘弁してほしい。来栖に担当戻してよ」

どうやら、転職王子がシェパード・キャリアを通して行った過去三回の転職は、来栖と広沢がキャリアアドバイザー（CA）として担当したらしい。

「そうか」

溜め息交じりに呟いた来栖が、ふと無言になる。嫌な予感がして、恐る恐る彼の顔を見た。彼は表情を変えることなく千晴を見ていた。

「……え」

「未谷さん、転職王子の担当して」

うわあ、やっぱり。

◇　◇　◇

面談にやって来た転職王子こと八王子正道は、三十九歳に見えない若々しい外見だった。ザ・営業マンという風貌だ。髪型もスーツの着こなしも爽やかで、清潔感のある営業スマイルで名刺を差し出してくる。

「来栖さんでも広沢さんでもない新しいCAさんだ。今回の転職も楽しみです。どうぞよろしくお願いいたします」

千晴の名刺を手にして椅子に腰掛けた八王子に、千晴はぎこちなく「どうも……」と返す。今回の転職も楽しみ。そんなことを言う求職者、初めて出会った。

「来栖と広沢から、八王子さんのお話は伺っています。不動産営業としての実績は抜群だと」

「そんなことないですよ。ノルマがきつい業界ですから、先月も班のノルマのために走り回っちゃいました」

八王子が現在勤めるエイダン不動産は、賃貸契約も不動産売買も幅広く行う大手不動産会社だった。働き始めたのは二年前――転職をサポートしたのは広沢だ。

「不動産営業のノルマ、やはり厳しいんですか？」

「そりゃあもう、月々に求められるノルマをクリアすべく、みんな必死ですよ。売上が順調じゃないときの社内の空気、本当に地獄ですからね。そういうのが苦手な子から辞めていっちゃいますけど」

「そうですよね……話には聞いたことがあります」

「契約ゼロの状態を、僕らの業界ではタコって呼ぶんですけど、タコの状態で迎える月末のミーティングは地獄ですよ」

そんな中、大学卒業後から十五年以上働いている自分は変わり者。八王子の笑みは、そう言っているように見えた。

「ちなみに、今回転職を検討された理由を伺ってもよろしいですか？」

どの求職者にも当たり前にする質問なのだが、思わず千晴は身構えた。来栖と広沢が頭を抱える転職王子の口から、一体どんな転職理由が飛び出すのか。

「理由ですか？　そうですね、強いて言うなら、飽きちゃったからです」

まるで、何度も袖を通した服を「もういいか」と捨ててしまうような、そんな軽やかな口調で八王子は言った。

「飽きたというのは、不動産営業の仕事にですか？」

「いえ、仕事は楽しいですよ。毎月のノルマをクリアするために頑張るの、面白いですから。しかも取り扱ってる商材が、顧客の一生を左右する家なのも、やり甲斐があっていいです」

八王子が、最近練馬駅の側にできたマンションの名前を出した。千晴が毎朝出勤のたびに見上げているマンションだ。

「あの物件ほぼ一棟、僕が売ったんですよ。同じ時期に側にタワマンができちゃって、苦戦したんです」

「ほぼ一棟って……あそこ、私の家の近くなんですけど、結構な戸数じゃありませんか？」

「六十戸だったかなあ。月末に滑り込みで売り切りましてね、あれは痺れました」

ははははっと笑いながら彼は話すが、恐らく滑り込み前の月末ミーティングとやらは、本当に地獄だったはずだ。何せ売っているのは家なのだ。金額の桁が違う。

「あ、強引に売ってるわけじゃないですよ？　僕のモットーはいつだってお客様ファーストなので。楽しくお喋りして、顧客の将来設計を丹念にヒアリングして、物件の紹介をしているうちに、自然と皆さん決断してくださるんですよ」

この人、ちょっと天間と似た匂いがする。八王子の職務経歴書と彼の顔を交互に見ながら千晴は思った。口だけではなく実績もきちんとあるようだし、このレベルの人なら転職回数が多くても何とかなるのかもしれない。

「飽きたのは、職場の方ですね」

「それは、今の職場に何か不満があるということですか？」

「不満はないですよ。どこの会社だってやることは不動産営業なんですから、きちんとお給料を払ってくれるならどこも同じです」

「では、次の職場に求めるものも特にない、ということですか？」

「そうですね。不動産営業ができるなら、どこでも。あ、年収が高いぶんには大歓迎です」

どうせ数年で転職するんだから。八王子の顔に、そう書いてある。なるほど、これが転職七回の理由か。

「年収アップを狙いつつ、別の会社に移りたい、ということでよろしいでしょうか」

「ええ、未谷さんのこと、頼りにしてますね」

面談終了まで、彼は笑顔だった。裏がありそうに見えるとか目が笑ってないとか、そういう怪(あや)しさを含んだ笑顔ではなく、人当たりのいい営業マンの顔だった。

「よ、横山(よこやま)さん、あのう……」

面談を終えた八王子を見送ってすぐ、デスクにいた営業の横山に声をかけた。

「例えばの話として聞いてほしいんですけど、三十九歳、転職回数七回の営業職の求職者が面接に来たとして、人事担当者だったらどう思いますか？」

え……と顔を顰(しか)めた横山の反応が、すべての答えのような気がした。

「しかも、多分、二年ちょっとでまた転職すると思います」

「えええ……そりゃあ、どんな人か次第だけどさ……」

デスクに頬杖をついて、横山が視線を巡(めぐ)らせる。自分が担当している企業の人事担当者の顔を思い浮かべ、その人に転職歴七回の三十九歳を紹介したらどんな反応をされるか、その人が二年ちょっとで退職したとき担当者がどんな顔をするか、想像している。

「大きい会社ほど転職回数は気にするからなあ、敬遠はされるだろうよ。年齢も年齢だし、扱いづらそうって判断されそう。と言っても、実績があれば歓迎という会社もあるよ。だから、面接まで漕(こ)ぎ着ければ、あとはその人次第かな」

「ですよねえ～」

「でも、正直、営業として担当企業に安心して紹介できる求職者の経歴って、三十代なら転職歴三回くらいかな」

八王子はその倍以上の転職歴がある。求人票で転職歴を問うことはないが、実際に選考をする企業の人事担当者にとって、決してよくは映らない。

しかも「これまで合う企業がなかったけど、腰を据えて働きたいと思える会社があるなら長居したい」と思っているタイプの転職歴の多さと違う。彼は、端から長く勤める気がない。

来年には飽きちゃうから服は安物でいいや。そんな感覚と一緒なのだから。

「転職王子、どうだった？」

自分のデスクに戻ると、広沢に早速聞かれた。

「……転職王子でした」

来栖と広沢が苦い顔をしていた理由が、よくわかった。

八王子正道

「八王子さん、転職活動してるってホントですか？」

速さと美味しさがいい具合に両立した蕎麦屋でざる蕎麦を啜りながら、正道は「え？」と顔を上げた。正道が所属する班の班長である下館が、蕎麦に手をつけることなく正道を見ている。彼の隣では、正道の同期である小林がお冷やを噴き出しそうになっていた。

転職活動を始めたことは、小林にしか話していなかった。班長である下館が知っているということは、小林が彼に伝えたとしか考えられない。

小林が弁解しようと口を開きかけたが、正道はすぐに「えー、噂が回るのは速いなあ」と声を上げて笑った。

「あ、あのう……」

正道の上司である下館は三十歳、同期である小林は二十四歳。二人とも年下上司で、年下同期だ。年下だからどうだ、年上だからどうだと考えることはないが、こういうときは年上らしく余裕のある振る舞いをするものだ。

「転職活動ならしてますよ。まだエージェントに話をしにいってるだけですけど」

「うちの何が不満なんですか？」

下館は箸さえ持とうとしない。両膝に手をやって、真剣な眼差しを向けてくる。

三十歳の誕生日を迎えたときは「ああ～二十代が終わってしまった……」と居酒屋で意気消沈していたが、表情は大学生に毛が生えたようなあどけなさがある。三年目の小林にいたっては、まだまだ大学生の雰囲気のままだ。

「そりゃあ、ノルマはきついし、いい環境の職場ってわけでもないですけど」

「別に会社に不満はありませんよ？　ただ、そろそろまた新しいところに行きたいんですよね～」

目を瞠った下館と小林に、正道は「お蕎麦食べないと昼休み終わっちゃいますよ」と促す。蕎麦を食べ始めた二人は、実に神妙な顔をしている。

「正直、八王子さんが抜けると、うちの班としては痛すぎるんです」

下館の言葉に、小林がぶんぶんと頷く。先月、小林がタコの状態で月末ミーティングを迎えそうになった。正道は自分が成立させた契約の書類作りを小林に手伝わせ、売上の半分を彼の実績にして報告した。その恩があるのか、彼は「困ります！」と鼻息荒く蕎麦を啜る。

「大袈裟ですね。僕がいなくてもちゃんとやれますって。ていうか、部下の僕にこんなこと言わせないでくださいよ、下館班長」

ほら、お蕎麦がまだ残ってますよ。再び下館の蕎麦を指さすと、彼は渋々という様子でざる蕎麦を汁につけて啜った。眉間のあたりに「まだまだ言いたいことがある」という不満がこびりついている。

十分ほどで手早く蕎麦を食べ終え、三人で店を出た。正道が勤めるエイダン不動産渋谷センターは、蕎麦屋から徒歩三十秒のビルの十階にある。都内に数多くあるエイダン不動産の支店の中でも、売買を専門に扱う特に大きな支店だ。

当然、月のノルマも厳しい。渋谷の街を見下ろす華やかなオフィスビルに入るテナントの中で、最も緊張感があって、最もギスギスしている職場だと正道は密かに思っている。

現に、一時間ある昼休憩を二十分で切り上げて、正道達は仕事に戻った。

渋谷センターの営業部は細かな班に分けられ、月々のノルマが課されている。班長の下館は、デスクに戻った途端に眉間に深い皺を寄せて唸り声を上げた。まだまだ若手の小林は、午後の業務内容を慌ただしく整理している。

「さあ、午後も頑張りましょうね」

自分のデスクで大きく伸びをして、正道はPCに向き合う。

住宅売買は法人よりも個人の顧客が圧倒的に多いから、契約、物件の案内といった顧客を相手にする業務は必然的に土日に集中する。

平日は何をするかというと、契約や決済の書類を整えたり、取り扱う物件の広告を作ったり、ポスティングのアルバイトの手配をしたり、とにかく雑務が多い。物件の写真撮影をして間取り図を作ったり、必要書類を取得するために法務局や税務署を訪ねることもある。土日を顧客業務にフル活用し、ノルマである月に五件の売買契約を成立させようとすると、どうしたってこうなる。

実をいうと、この地味な作業が正道は好きではない。顧客対応より気が楽だと小林は言うが、こういった雑務は数字につながらない。

隣のデスクで難しい顔をしてポスティング用の広告を作る小林を横目に、正道はスマホに入っている顧客リストを開いた。新卒で不動産業界に足を踏み入れて十七年。コツコツと育ててきた正道だけの顧客リストだ。

細かな雑務を片付け、自分が作ったチラシのデザインがこれでいいのか判断しかねている小林の相談にのってやり、缶コーヒーを飲んでちょっと休憩し、午後七時を過ぎた頃、正道は意気揚々と自分のデスクに戻った。

正道の顧客リストには、相手の連絡先だけでなく、最後に話したときに何を言っていたかがメモしてある。どんな住環境を求めている、どんな将来設計をしている、どんな不安を抱いて自分の老後を見つめている……相手のささやかな愚痴すら見落とさず記録してきた。

それをもとに、一件一件電話をかける。

平日は夜の時間帯が勝負だ。仕事終わりの顧客と直接話ができる。つまり、数字につながる業務ができる。

「津田様、大変ご無沙汰しております。以前、モデルルーム見学会でお世話になりました、八王子でございます――」

販売を担当しているマンションに興味を持ってくれそうな人へ、物件の案内をする。前の会社、前の前の会社にいた頃に対応した人、中には十年前に担当した人も大勢いる。

「五年ほど前にマンション購入についてご相談いただきました、八王子と申します。あのときはご縁がありませんでしたが、今回、ぜひ斉藤様にご案内したい物件がございまして――」

どれだけ案内をしても手応えがなかった人もいるし、契約寸前で白紙になってしまった人もいる。それでもタイミングを見て案内をしてきた。

「世間話がてら、ご案内に付き合っていただけませんか？　ご興味がないようならお断りいただいて構いませんので――」

この電話が契約につながらなくても、相手の近状を摑めるだけで大きな収穫だ。仕事を変えていたり、家族が増えていたり、将来設計が変わっていたり。それらすべてが次の営業の材料になる。

「はい、何度もしつこく申し訳ございません。お怒りもごもっともでございます」

大半の顧客は素っ気ない。セールスの電話なのだから当然だ。怒鳴りつけられることもあれば、乱暴に電話を切られることもある。そもそも電話に出てもらえないことも多い。それでも、どこかのタイミングで相手の気が変わることを見越して、顧客リストに名前を残し続ける。

電話をかけ、案内をし、また電話をかける。途方もない小さな業務の積み重ねが、ここぞというところで花開く。

「ああっ、本当ですか。でしたら、ぜひご案内させてください。はい、この八王子にお任せください。次こそは、ベストな物件をご紹介いたします」

連日数十件の電話をし続け、ついに一人見つけた。二年前にマンションを買おうとしたものの、契約の一歩手前で「もう少し考えたい」と立ち止まってしまった夫婦だった。ひとまずモデルルームの見学にまで漕ぎ着けた。

時刻は午後九時を回っていた。平日はかなりの数の社員が残っている。小林も下館も、正道と同じように電話営業をしていた。

不動産物件の成約率は、千件に三件程度だと業界内では言われている。家を買いたいと思う人が千人いたとしても実際に契約まで漕ぎ着ける人は三人。千分の三件を摑むために、営業マン達は地道な営業活動を行う。

その過酷な競争が、「千三つ」と言って、千回のうち三回程度しか本当のことを言わない——嘘で塗り固めたセールストークで家を売りつける営業マンを生んでしまうのだけれど。

「それでは、お先に」

まだ仕事が終らないらしい下館と小林に挨拶して、正道はオフィスを出た。エレベーターに乗り込んだところで、センター長である澤村が乗り込んできた。

「あ、お疲れさまです、センター長」

四十六歳の澤村は、渋谷センターでは貴重(きちょう)な、正道より年上の人間だった。色白の顔はどこか険(けわ)しく、ちょっと嫌な予感がした。

「時間、ありますか」

この男は年下で部下である正道に、何故か敬語を使う。

「これからですか？」

「一杯飲むだけです」

嫌な予感は消えないが、こう言われたらＮＯとは言えない。

居酒屋に入ってビールで乾杯した途端、世間話もせずに澤村は切り出した。こういう率直(そっちょく)なところは仕事をする上でまどろっこしさがなくて楽なのだが、これはこれでなかなか苦労しそうな性格だ。

「何がご不満なんですか？」

「はい？」

「下館から、八王子さんが転職を考えていると聞きました。こういうのは実際に転職活動を始めてしまっては手遅れなことが多いので、先に話を聞いておきたくて」

もうシェパード・キャリアから求人の紹介を受けているから、始めちゃってるんだけどね。余計な波風(なみかぜ)を立てぬよう、正道は「そうですか」とビール片手に頷いた。

「出世を打診したばかりなのに、一体何が不満なんですか？」

澤村の話し方は落ち着いていたが、語尾にはかすかに焦り(あせ)が滲む(にじ)。そんなに俺に辞められたら困るのか？　傲慢(ごうまん)にも、そんなことを思う。

二週間前、渋谷センター長である澤村から直々(じきじき)に昇進を打診された。班長を飛び越えて、一気に営業課長への昇進だ。正道の営業実績を、所属する渋谷センターだけでなく、本部が高く評価してくれた結果らしい。

その数日後に正道はシェパード・キャリアに久々に連絡したのだ。

「世の中、偉くなりたい人ばかりじゃないってことですよ」

お通しのキュウリの浅漬けを箸で摘(つ)まみながら、正道は言う。澤村はさらに険しい顔になる。

「そんな、今時の若手みたいなことを」

「世代なんて関係ないですよ。僕は二十代の頃から、偉くなりたくないな～って思ってました。むしろ時代が僕に追いついたなって思います」

声に出さないだけで、昔からそういう人間は意外と多かったのではないだろうか。出世したくないなんて言ったら、やる気がない、不甲斐(ふがい)ない、男らしくないと言われそうだから、周囲の顔色を伺って「出世したい」と口にしていただけで。

「どうしてですか、給与だって上がるのに」

「転職を繰り返しながら、傭兵みたいにいろんな会社、いろんな会社員を見てきましたけど、出世をして偉くなると、給料以上の責任とわずらわしさが必ずついてくるじゃないですか」

伊達に七回も転職していない。最初の数回の転職は、少しでもいい環境を求めてのことだった。でも繰り返していくうちにわかった。誰も彼も、出世したところでちっとも幸せそうじゃない。

「なんだかんだ言っても、僕は若い子に交じって現場で働くのが好きなんですよ。課長なんて中間管理職になって、ノルマを達成できない部下を怒鳴りつけながら仕事をしたいわけじゃないんです」

月末ミーティングのたびにノルマ、ノルマとちくちく部下を叱責する澤村への嫌味になってしまったが、まあ、いい。

「管理職だろうと現場だろうと、ノルマに追われるのは同じじゃないですか」

「全然違いますよ。課せられる責任の重さがね。責任が重いからみんなどんどん怖い顔になって、職場の雰囲気を悪くする。僕は仕事を楽しくやりたいんですよ」

なのに、社員が歳を重ねると会社は必ず責任を負わせようとする。出世レースから下りて傭兵として生きる道を選んだのは、そういう理由からだ。きっと澤村には理解されないだろうけれど。

「だからって……」

「出世せずとも、実績でインセンティブ報酬があるのが不動産営業のいいところで、やり甲斐のあるところです」

「じゃあ、八王子さんが転職を決めたのは、私が出世を打診したからですか？」

確かに、正道が転職活動を始めるか否かのきっかけの一つがそれだった。あ、会社が俺に責任を押しつけようとしている。そう感じたら、正道の耳の奥でそろそろ潮時だなという合図が鳴るのだ。

「それもありますけど、単純に、飽きてきたんですよ。同じ会社で働くのに」

結局、その後も澤村はしつこく「辞められるのは困る」と言ってきた。せめて昇進だけでも取り下げてくれたらまだ考える余地があるのに、「それは本部の決定だから」と折れてくれない。

結局、堂々巡りのまま「一杯だけ」の会は終わった。お互い、ちっとも気持ちよく酔えずに解散する羽目になった。飲み直そうかとも思ったが、一人で飲むのもつまらないし、今から普段のように小林や下館を誘う気にもなれなかった。

自宅マンションの玄関を開けたとき、唐突に「この家にも飽きたな」と思った。引っ越したのは、一年半ほど前だ。駅から近く築浅で、余計なことをしていないシンプルな間取りと内装が気に入って借りた。だが、そろそろこのシンプルさが逆に野暮ったく思えてくる。

そうだ、転職のついでに引っ越そう。次は変わった物件に住もう。最近増えてきた、建築家のクリエイティビティが爆発したような、変わった間取りの家に。

プライベート用のスマホに、母親からメッセージが届いていた。島根県に暮らす両親は、定年退職したとはいえまだ介護は必要ない。同じ町内に姉夫婦が暮らしているから、基本的に正道に相談事をしてくることはない。決定事項を事後報告として寄こすくらいだった。

今日も、実家のトイレと風呂のリフォームが終わったという報告だった。今後のことを考え、バリアフリー仕様にしたのだという。

返事を打つと、母から仕事の調子はどうかとか、体の調子はどうだと立て続けに質問が飛んでくる。孫の顔は姉が見せたからいいとして、これも親孝行の一つだろうと会話に付き合ってやる。

そろそろ転職するよ。そうメッセージを送ったら、母から電話が来てしまった。

「あー……もしもし？」

『マサ、あんた、また仕事辞めるの？』

まいったな。これは話が長くなる。

「大丈夫だよ、母さん。こちらはこちらでちゃんと考えての転職ですので」

二十代から三十代前半にかけては、「そんなに会社をコロコロ変えるのはよくない」と両親だけでなく姉からも叱責された。三十五歳頃は「やかましいことは言いたくないけど、結婚や子供についてはどう思っているの？」と恐る恐る聞かれた。最近はこの手の話をうるさく言われることも減ったのに。

『あんた、考えてる考えてるって言うけど、もっと自分の人生をよく考えなさいな』

昔話に出てくる老婆のような口調で諭してくる母に、堪らず吹き出してしまった。

「大丈夫だって。めちゃくちゃ考えてるよ、自分の人生のこと」

『本当にぃ？』

「考えてるってば」

結婚する気も子供を作る気もないから、何も考えてないように両親には見えるかもしれない。実際、家族のいる人間に比べたら、自分のことだけを心配し、自分のやりたいこと、やりたくないことに思いを馳せればいいだけ、気は楽だ。

こういう気楽な生活が、一番楽しい。楽しいから、仕事のパフォーマンスが上がる。この状態を維持するために俺は転職を繰り返すのだ。

未谷千晴

求職者との面談を終えて見送りをすると、ちょうど天間も面談を終えてエントランスに出てきた。

「これで安心して新しい職場に行けます。本当にありがとうございました！」

千晴と同い年くらいの女性が、天間に深々と頭を下げてエレベーターに乗り込んでいく。

「やっぱり、そういうものですよね……」

思わず呟いたら、天間が「やっぱりとは？」と首を傾げた。

「いえ、ちょっと私が今担当している求職者が特殊な方なので、しみじみと思ってしまっただけです。普通は、転職って怖いものだよなって」

自分の日常の中で、かなりの割合を占めるのが仕事だから。だからどんな会社で働くかを重視する。会社を変えるとは、転職とは、日常に大きな変化をもたらす。だから慎重になるし、不安になるし、自分で決断するのが怖くなる。

「普通はそうでしょうね。不安な人が多いから、僕も会社見学やらヒアリングやらをして、何とか安心してもらおうと思うわけですし」

「でも、そうじゃない人ももちろんいて、そういう人の転職サポートは逆に難しいな、と思った次第です……」

人がいないのをいいことに、腕を組んで唸り声を上げてしまった。

「でも、ある意味、いい転職の仕方ですよね。会社に依存しない生き方をしているわけですから」

「確かに、いいように言えばそうなんですけども……」

何と言ったらいいか。千晴が説明に困っているうちに、オフィスから「天間さん、お電話です～」と彼を呼ぶ声がした。彼と入れ替わるように、社長の洋子が日傘を手にやって来る。

「千晴、面談終わったんならランチ行こうか？」

夕方まで面談の予定が入ってなかったから、デスクから財布とスマホだけを持ってきて、洋子と一緒にエレベーターに乗った。「何食べようか、暑いから何かスタミナがつくものがいいねえ」と微笑む彼女に、千晴は問いかける。

「叔母さん、こないだ採用活動してたでしょ？」

「ええ。天間さんっていう有能なＣＡを捕まえられて、とても満足のいく採用活動だった」

シェパード・キャリアの中途採用は、基本的に洋子が一人で行っている。書類選考から面接まで、すべて。

「転職回数が多いのって、やっぱり嫌なもの？」

「それですべては決まらないけど、警戒はするよね」

エレベーターが一階につく。洋子は「よし、生姜焼きにしよう」と宣言しながらビルを出ていく。

外は暑かった。脳天から足下へ突き抜けるような、容赦ない紫外線に肌を焼かれる。西新宿のガラス張りのビル群に反射した空は、作りものみたいに青く眩しい。

「採用活動って、お金も時間もかかるでしょう？　それこそ、転職エージェントに任せたくなるくらい」

「そのおかげで私達の仕事は回ってるからね」

「採用する側としたら、大金を出して、時間も人手も割いて採用活動をするのに、せっかく採った人が短期間で辞めちゃったら、やっぱり損害なんだよね」

真っ白な日傘を広げた洋子が、苦笑いしながら千晴を見る。

「世の中、転職するのが当たり前ですって雰囲気になってるけど、企業側からしたら『転職を経験してスキルアップした人が、最終的に自分の会社に居着いて長く利益を上げてほしい』っていうのが本音だから。自分の会社をステップアップの途中階にされたい経営者はそう多くないと思うよ」

「で、ですよねえ……」

「終身雇用は崩壊しただとか、給与が上がらないからこそ転職してキャリアアップ&年収アップをしていくだとか、新しい価値観が広がっていくのはもちろん大歓迎だけど、実態は口で言ってるほど早くは変わらないよ。転職の回数が多いことへのマイナスイメージは、まだしばらくは残るんじゃないかな」

だよねえ。絞り出そうとした声は、今日何度目かの唸り声に変わってしまう。暑さのせいか、はたまた別の理由があるのか、額にじんわりと汗を掻いてきた。

「転職王子の八度目の転職、難航してるの？」

「いや、八王子さんは職場にこだわりがないって言うから、求人の紹介は簡単なの。不動産営業の求人は常に出てるし。でも、そこに入社してもまた数年で飽きて転職しちゃうんだろうなと思って」

そのときはそのとき。また八王子の転職をサポートして成功させれば、会社の利益になる。そう考えて割り切ってしまえば、ＣＡとしては楽だ。

「でも考えちゃうんだよね。じゃあ、次は？　その次は？　このまま一生、転職王子として生きるのかな？　そんな生き方できるのかな？　って」

「確かに、彼のこれからの十年、二十年を考えると、そう思うのも無理ないね。むしろ本人がそこに不安を感じてないのが不思議なくらい」

「例えば、五十歳を過ぎたあたりで『この会社で定年まで働こう』って思ったとするじゃない？　仮に六十五歳で定年退職するとして、退職金はどうなるのかな、老後の蓄えとして充分なくらいもらえるのかなとか、そういうことも考えちゃって」

そしてこの不安を、ＣＡとして八王子にどう伝えるべきか。そもそもこんな助言をする資格が、ＣＡとしての経験もたいして積んでいない自分にあるのか。

「そう考えると難しい求職者かもしれないけど、やることは一緒だよ。相手が何歳でどんな経歴だろうと、千晴が何歳でどんな経歴だろうとね」

洋子が日傘を閉じる。「ここ、美味しいんだよ」と雑居ビルの入り口にひっそりと飾られた定食屋の看板を指さした。


生姜焼きは洋子の言う通り美味しかった。帰りに近くのカフェでアイスコーヒーを買いたいという彼女を置いて、千晴は先に会社に戻った。

広沢は面談中で離席していたが、来栖はデスクにいた。天間は今日も一日会社見学に行っていて、来栖チームは閑散（かんさん）としていた。逆にちょうどよかった。

「来栖さん、ちょっとご相談があるんですけど」

「なに、転職王子の件？」

見事に言い当てられた千晴を笑うみたいに、彼の膝の上で寝ていたタピオカが白い体をぐにょんと伸ばした。

いちいち助言を求めるなと彼に言われたことを思い出し、千晴は肩を竦（すく）めた。

「助言はいらないので、来栖さんの転職王子経験談を教えてもらえませんか？」

面談希望を出してきた求職者の履歴書を眺めていた彼が、千晴を見る。「助言はいらないので」と念押しして、効果はあるかわからないが試しに両手を合わせて拝んでみた。ちょっと嫌な顔をされた。

「で、何が聞きたいの」

来栖がタピオカを抱き上げ、デスクの上に移動させる。昼寝を邪魔されたのがそんなに不服なのが、彼女は千晴を睨んできた。

「来栖さん、八王子さんの担当を二回してるんですよね」

「したね。彼が三十二歳と、三十五歳のときに。そのあとは広沢に引き継いだ」

「じゃあ、例の『転職限界年齢は～』とか『悪徳CAは～』っていう話、もちろん八王子さんにもしたんですよね」

決め台詞みたいに扱ったのがいけなかったのか、来栖はかすかに眉を寄せた。

「もちろんしたよ。彼は『ですよね～』と軽く受け流したけどね」

うわ、強い。堪らず呟いてしまった。

転職限界年齢なんて、自分の能力と実績ならどうにでもできる。悪徳CAに利用されず、むしろ自分がCAを上手く利用して転職を成功することができる。心の底からそう信じて来栖に対峙している八王子の顔が、易々と浮かんだ。

「それを聞いて、来栖さんはどうしたんですか？」

「この人は自分の人生を真剣に考えていない、と思った」

「それ、八王子さんに直接言ったんですか？」

「言うわけないだろ。人を何だと思ってるんだ」

平然と言う来栖に、さすがに「言わないわけないだろうと思いました」とは口にできなかった。

「毎日をポジティブに生きるのと、先々のことを真剣に考えないのは違うと、俺は思っている。真剣に考えていたら、転職に対してどうしたって不安になる。楽観的なことばかり思い描いていられない」

「……来栖さん、そこまでわかってて求職者に辛辣なことばかり言ってるんですか？」

いちいち話の腰を折るなよ、という顔をされたので、答えは求めないことにした。

「それが面談していてひしひしと伝わってきたから、八王子さんには『どうせ二年半後くらいにまたうちに来ますよ。四十歳になってもきっとうちで面談してるでしょうね』とは言った」

「そして八王子さんは三十九歳でまたシェパード・キャリアに来ていると」

「『そのうち今みたいに易々と転職できなくなるかもしれない』と伝えても、あの人は『そのときはまたよろしくお願いします』と言うだけだったからな。それで二年半後に本当にシェパード・キャリアに来るんだから」

　来栖とそんな会話をしてもなお自分は大丈夫と思えるのは、それはそれで一種の才能なのかもしれない。

「あの頃の転職王子は三十二歳だったから、自分の生き方に合う会社を探してる最中ってことで、転職前提でも企業を紹介できた。でも三十九歳じゃ状況が違う」

「はい、私もそう思います。現に、うちの営業が八王子さんの経歴を見て渋い顔をしてるので」

「腰の定まらないアラフォーを許容してくれるほど、社会は寛容じゃないということだ。年相応の落ち着きが求められ、年相応の責任の背負い方を求められる。形はどうであれ、ね」

　来栖のデスクで不満そうに伏せていたタピオカが、来栖の膝に戻っていく。「お前は最近しつこいな」とタピオカの耳の後ろを撫でた来栖は、話は以上だとばかりに姿勢を正した。

「転職王子にどう助言するかは、未谷さんがよく考えるといいよ」

「……いっそのこと、少しだけ現実を見てもらうとか？」

　千晴がすぐにアイデアを出すと思ってなかったのか、来栖はタピオカを撫でる手を止めて、少しだけ目を瞠った。

「現実？」

「はい、現実です」

千晴の説明に、来栖は最後まで口を挟(はさ)まなかった。最後まで聞き届けた彼は、再びタピオカを抱き上げてデスクに移動させた。

「俺が受け持ってる求職者で、まさにぴったりな人がいるよ」

八王子正道

火曜日の夜にシェパード・キャリアから驚きのメールが来て、水曜の午後に面談を受けに行った。

エイダン不動産は水曜が休みだ。一週間は木曜日に始まり、火曜日に終わる。自分のスケジュールやノルマの達成度に合わせて、水曜以外にもう一日休みを取る。

メールや電話で話してもよかったが、不可解なことが起こったらできるだけ直接話した方がいい。長年営業マンをしていて、つくづく学んだことだ。密なコミュニケーションを怠(おこた)ると、契約寸前で「やっぱり白紙に戻してほしい」なんてことになりかねない。

シェパード・キャリアの受付で待っていると、担当ＣＡである末谷と、もう一人、懐かしい顔が現れた。

「わあ、来栖さんじゃないですか。お久しぶりです」

木製の杖を突いてゆっくりと通路を歩いてきた来栖嵐は、数年前に正道を担当したときと大きく変わっていなかった。あれ、何年前だっけ？ と数えてみると、最後に面談をしたのは四年前だった。

「八王子さん、ご足労いただきありがとうございます。私も直接お話ししたかったのでよかったです」

未谷に面談ブースに案内される。正道は首を傾げながら椅子を引いた。

未谷から紹介された求人票の中から、正道は大手不動産会社を選んだ。エイダン不動産のライバル社にあたるが、より不動産売買に力を入れて数多く手がけている企業だ。待遇も申し分なかった。

せっかくいい転職先を見つけたと思ったのに、面接どころか、シェパード・キャリアでの社内選考で落ちてしまった。未谷から送られてきたメールを見て、違う求職者へ送るはずのメールを間違って送信してきたのではないかと疑った。

「いやあ、まさか社内選考で落ちるなんて、初めてのことでびっくりしちゃいました。僕よりデキる営業マンがいたってことですか？」

冷たい緑茶を淹れてくれた未谷が、「いえ」と顔を顰めながら正道の向かいに腰を下ろす。

「八王子さんより実績では劣りますが、社内選考の末、三十歳の営業志望の方を弊社から推薦させていただきました」

紙コップを口につけかけ、そっとテーブルに置く。未谷と来栖の顔を交互に見た。

「ただ若いだけの人が社内選考を通ったってことですか？」

「はい、先方を担当している営業とも協議した結果です。人事担当者が、将来的に会社を支えてくれるフレッシュな人材を求めているとのことでしたので」

未谷の説明に「フレッシュかあ……」と笑い出しそうになった。それを見計らったように、彼女の隣で来栖が口を開いた。

「フレッシュな人材というのは都合のいい言葉ですよね。要するに若くて元気で体力もあって、さらに穿った見方をするなら、会社の色に染めやすい、従順に働いてくれそうな若い人材がほしい。でも即戦力になるだけの経験値はほしい。実に我儘な要望を一言に凝縮した言葉です」

「来栖さん、相変わらずですね」

気持ちいいくらい辛辣な言葉運びに、彼と初めて面談したときのことを思い出す。確か彼はCA一年目と言っていた。一年目とは思えない話し方に、不快になるより面白さが勝ってしまった。

「僕が初めてシェパード・キャリアさんに来たときもそんな感じで、僕の前に面談していた求職者を泣かせてましたよね」

「初めてここに来たときのあなたなら、今回の社内選考は通ってました。内定もすんなり出たでしょう」

「先方が若い子をほしがってるなら仕方ないですね。また別の企業を受けますよ」

改めて緑茶に口をつける。その瞬間、来栖がぎろりとこちらを見た。

「あなたは確かに有能な営業マンです。でも、転職市場に飛び込んだとき、決して安心して採用できる人材ではないんです。あなたが三十九歳だからではない。三十九歳なのに、転職前提の転職活動をしているからです。歳を重ねて、かつてはリスクではなかった要素が、企業側にとってリスクになってしまったんです」

緑茶を一口だけ飲んで、紙コップをテーブルに戻した。思い出した。彼はこういう話の進め方をする人だった。こちらの呼吸を遮るように話を切り出し、自分のペースで相手の思考を振り回す。悪い営業マンが客と話すときに使う戦法だ。

「来栖は相変わらずこんな感じでズバズバといろいろ言いますが、確かにその通りの部分もあるんです」

そんな来栖の手綱を引いて押し止めるように、未谷が身を乗り出す。

「営業マンとしての能力と実績は、確かに重要です。でも、採用担当者はそれだけを見ているわけではありません。人柄だって見ている。会社の社風に合うかどうかも見ている。そして、その人が入社後にどんなキャリア設計を思い描いているかも見ています」

企業は金と時間と人手を割いて採用活動をしている。採用したからには、末永く働いて社に利益をもたらしてほしいと考える。いずれは会社を支える一翼になってほしいと思う。日本では、まだそう考えている企業が多い。

来栖とは反対に言葉を一つ一つ選びなら、未谷はそう続けた。

「だから、三十九歳の八王子さんには、企業も期待するんです。実績と能力のある人に、責任ある立場で活躍してほしいのだと思います。そんな中、八王子さんの経歴を見たら採用担当者はやはり躊躇(ちゅうちょ)してしまうと思うんです」

目元にぎゅっと力を入れるようにして、未谷が正道を見つめる。彼女の言い分はよくわかる。センター長である澤村が正道に昇進を持ちかけたのも、そういう期待の表れなのだとわかる。

「八王子さんはこれまで、転職回数の多さを、実績と年齢でカバーしてきたと思います」

未谷を遮るように、来栖が「あと、僕らＣＡも結構頑張りましたよ」と割り込んでくる。

「採用担当者にフォローを入れたりね。前回は広沢が尽力しました」

ああ、広沢さん。あの人もいいCAだった。エイダン不動産に内定が出たあと、「広沢さん、早速ですがマンション購入などは検討してませんか？」とセールスの電話をしたら、笑って「そんな稼いでないわ！」と言っていたが。

「転職は道の途中なんですよ」

ふっと溜め息をつくように、来栖が呟く。正道だけでなく、未谷の視線までが自然とそちらに引き寄せられた。

「物語の章と章のつなぎみたいなものです。だから、転職を生き甲斐みたいにしては駄目です。人生で注力すべきことは、もっと他にある」

ちらりと腕時計を確認した来栖が、正道に一礼して席を立った。「あとは未谷とご相談ください」と言い残して、面談ブースを去っていく。

「どうぞ」

中途半端に口をつけた緑茶を未谷が勧めてくる。ふうと息をついて、正道は紙コップの中身を一気に半分ほど飲んだ。

ということは、喉が渇いていたのか。普段の営業トークに比べたら、十分の一も話してないのに。紙コップに残る澄んだ緑茶を見下ろして、眉を顰める。

「八王子さんみたいな人が、楽しく転職しながら生きていける世界の方が寛容でいいと思うんです」

唐突に、未谷がそう切り出した。

「一つの場所に留まり続けることばかりが、落ち着いてるとか責任感があるってことではないと思うので、決して八王子さんの考え方が間違っているわけではないはずです。ただ、八王子さんが自由に飛び回ってるうちに、気がついたら墜落してしまった、なんてことがないように、というアドバイスなんだと思います」

さっきの、来栖の失礼な物言いは……。来栖が立ち去った方向を掌で指し示しながら、未谷は恐縮した様子で頭を下げてくる。

「楽しく飛び回ってる間に、墜落」

「私達は転職エージェントのCAで、求職者の皆さんの人生に何から何まで責任を持つことはできませんが、それを承知の上での、お節介です」

お節介。来栖はまず言わなそうな言葉だなと思いながら、先ほど未谷が放った「墜落」という言葉を反芻した。辛辣だとわかりきっている来栖の言葉よりずっと、この物腰柔らかな大人しい女の子が言う「墜落」の方が、破壊力があった。

「いい機会だと思うので、僭越ながら八王子さんのこれからの人生のビジョンを、一緒に考えていけたらと思うのですが」

咄嗟に返事ができなかった。人生のビジョン？　そんなのは、気楽に楽しく、独り身で自由気ままに、だ。それじゃ、俺はいつか墜落するというのか。

◇　◇　◇

柳井夫妻はモデルルームを気に入ったようだった。四歳になる息子はリビングの大きなソファが気に入ったようで「このソファもついてるのっ？」と興奮しているが、正道は背もたれから顔を覗かせて「ごめんね～、このソファはついてないんだ～」と笑いかけた。

浜田山に建設中の低層階マンションは３ＬＤＫの広々とした間取りだった。駅まで徒歩十分、主要駅へのアクセスもよく、緑豊かな公園を臨む立地。これから子育てをしていく柳井家にはぴったりな物件だ。

最初に柳井家に物件案内をしたのは二年前。あのときは中野のマンションを紹介した。感触はよかったのだが、最終的に夫妻は購入を断念した。マイナスポイントがあったというより、最後の一押しをする何かがなかったという印象だった。

口八丁手八丁で丸め込むことはもちろんできた。ただ、営業マンが欲を出して顧客より数字のために発した言動は、遅効性の毒のようにあとあと顧客の中に不信感を生む。

売っておしまいならそれもありだが、いい関係性を保っていれば、子育てを終えて住み替えを検討し始めたとき、夫妻が両親と同居する必要が出たとき、不動産投資を考え始めたとき、また正道の話を聞いてくれる。

　目の前の数千万の売上のために、将来得られるより大きな利益を逃すかもしれない。心の余裕を持つことが、不動産営業を楽しく続ける秘訣だと正道は思っている。

　だから、心の余裕を失ってしまうような働き方をしてはいけない。そんなことをしたら、仕事のパフォーマンスは間違いなく落ちる。

「一昨年に見たマンションより断然いいね」

　ゆったりとした設計のアイランドキッチンを、夫妻は揃って気に入ったようだ。

「そうですね。私もここの情報を見たとき、中野のマンションは白紙にしてよかったと心から思いましたよ」

　二人とも料理が趣味で、キッチンにはこだわりがある。今住んでいるマンションのキッチンは狭くてちょっと不満。二年前のヒアリングの内容は頭に入っていた。

「いや、でもあのときは八王子さんにあんなにお世話になったのに、ぎりぎりでひっくり返してしまって本当に申し訳なくて」

　恐縮する柳井夫人に、正道は「いえいえいえ」と首を横に振った。

「一生に一度と言ってもいい大切なお買い物ですから、妥協できなくて当然です。

今回も存分に悩んでいただいて構いませんので。モデルルームの見学だけだと実際のロケーションは摑めませんし、ご希望でしたら実際に浜田山の建設地もご案内します。緑が多くていいところですよ～。大きな公園もあって」

公園という単語に、柳井夫妻の息子が反応した。二歳の頃から変わらず外遊びが好き、昆虫と魚も好き。マンション側の公園を必ず気に入るはずだ。

夫妻が乗り気だったので、社用車でそのまま浜田山を案内した。公園は息子だけでなく夫妻も気に入ったようだった。小学校が近くにあり、柳井夫人が卒業した私立大学の附属中学と高校が側にあるのも魅力的に映ったらしい。

「こんな長時間お付き合いいただいてすみませんでした。現地も見られてよかったです」

夫妻が現在暮らす小田急線沿線へ帰りやすいよう新宿駅で車を停めて、正道は「いえいえ、当然のことです」と笑みを浮かべる。

「ご夫婦でまだまだご相談されることもあるかと思いますので、何かご不明な点が出てきましたら、いつでもお問い合わせください」

車を降り、改札へ向かう三人に深々とお辞儀をする。両親に手を引かれた息子が手を振ってきて、正道も振り返した。

なかなか好感触だった。二年前に一度購入を断念しているし、二年後には息子も小学生になる。小学校を途中で転校させたくないだろうから、そろそろ本気で購入を決めるはずだ。渋谷へ社用車を走らせながら、正道は今後の段取りを考えた。

会社に戻ったのは午後四時過ぎだった。顧客業務に追われる土日だけあって、オフィスは閑散としている。ただ、下館と小林のデスクの足下には鞄がある。

今月の営業ノルマの達成度を示したボードが、オフィスには掲げられている。正道は早々に達成していたが、下館の率いる班全体で見ると、まだまだ足りない。そろそろ下館がピリピリし出すだろうし、相変わらずのタコ状態の小林も焦っているはずだ。

缶コーヒーを買いに、オフィスの外の自販機コーナーに向かった。同じフロアには別の企業もテナントとして入っているが、あちらは土日が休みなので共用部は今日はひどく静かだ。

だから、自販機コーナーから聞こえてくる話し声が、センター長の澤村と班長の下館だとすぐにわかってしまった。

「もし辞めたら、次は若い人を採ってくださいよぉ」

下館がそんな懇願をしている。

「確かに頼りになる人ですけど、下手に実績と経験のある年上部下なんて、やりづらくてしょうがないんです。部下達も年上のベテランが同僚なのはやりづらいって言ってますし、若くて実績のある人をお願いします」

間違いなく下館だった。うん、うん、と頷くのは、やはり澤村だ。声だけで、彼の顰めっ面が容易に浮かぶ。

「あー、うん、わかるよ。ある意味、オーバースペックなんだよな。うちの会社がああいう人に対応できるようになってないから、現場が戸惑うってわけだ」

お疲れさまでーすと素知らぬふりで入っていくべきか。少し考えて、正道はすぐにオフィスに戻った。どうせ転職しようと思ってたところだし、別に同僚にどう思われていてもいいじゃないか。

そうは思うのだが、何故かシェパード・キャリアのCAに言われた「墜落」という言葉を思い出してしまう。ついでに、田舎の母に言われた「もっと自分の人生をよく考えなさいな」も。

「……何か思い上がってたのかなあ」

自分のデスクで天井を見上げて、無意識のうちに呟いていた。

「え、八王子さん、どうしたんですか?」

隣から飛んできた声に、ハッと我に返る。小林がデスクに戻っていることに全く気がつかずにいた。

「お疲れ。顧客フォロー、上手くいった?」

「いやあ、いまいちでした。今月もこのままタコかもしれないっす」

はあ、と溜め息をついて、小林はそのままずるずると椅子に沈み込んでいく。

「お客さんの将来設計のことを考えて、ちゃんと真摯に提案してるつもりなんですよ。でも、ノルマのことが気になりすぎちゃって、あるとき突然、お客さんの顔が見えなくなって、ぐいぐいぐいぐい契約させようとしちゃうんですよね」

「あはは、それは駄目だね。強引に売ろうとしてるなって気づかれると、向こうは引いちゃうから」

「ですよね〜、上手くいかないなあ……」

「でも、お客さんの将来設計をお節介なくらい一緒に考えるのは大事だと思うよ」

何気ないアドバイスのつもりが、何かが奥歯に引っかかった。

ああ、お節介か。そういえばあのＣＡもお節介と言っていた。自分達は求職者の人生に責任を持てないが、それを承知の上でのお節介だ、と。

仕事と家。扱うものは違うけれど、意外とやっていることは同じなのだと今更ながら思った。

数字を出す。利益を生む。それは当然なのだが、それだけでは仕事は楽しくない。じゃあ何が自分を楽しくさせるかといったら、やっぱり、自分の手を介して家を買った人間の人生が豊かになっていく実感があるからだった。

何年も前、初めてシェパード・キャリアに行ったとき、来栖の言葉を半分適当に受け流した。自分は大丈夫だと思っていたし、どれだけ言葉や態度が一丁前でも、彼は新米CAで、自分からは若造に見えたから。

何だか、申し訳ないことをした気がしてきた。

「小林君、先週成立した契約の書類作り、手伝ってもらえないかな？」

周囲に聞こえないように声を潜め、「二人の数字ということで下館班長には出しておこう」とつけ足す。先月末、同じことを提案したら小林は「おおおおお願いします……！」と小躍りした。

でも。

「いやいやいや、駄目です！　二ヶ月連続は駄目ですって！」

椅子を引き倒さんばかりの勢いで立ち上がった小林は「駄目です」と繰り返す。

「八王子さん、転職しちゃうんですよね？　じゃあ、駄目です。このままじゃ俺、死あるのみじゃないですか」

宣言して椅子に座り直した小林だったが、すぐに「……どうすればいいかわからないので相談にのってもらえませんか？」と蚊の鳴くような声で聞いてきた。

「お、おう。とりあえず、今日ご案内したお客さんはどうだったの？」

小林から顧客業務の詳細を聞き、配布したチラシや広告の反応、電話営業の成果をチェックして、アドバイスをしてやる。月末までにどうにかなるかは疑問だったが、やらないよりはマシだろう。

「あーあ、俺、八王子さんがセンター長ならいいなって思います」

声に出してから、小林は慌てて周囲を確認した。幸い澤村は一度はオフィスに戻ってきたものの、すぐに外出していた。下館も夕方から顧客業務に出ている。

「えー、どうして？」

「この業界、先輩だろうと後輩だろうと、あんまり教え合う文化がないじゃないですか。同じ会社にいても、ノルマを争う敵同士って感じで」

「確かに、俺もいろんな会社で働いたけど、そういうところはどこも一緒かもな」

「そういうの、俺みたいな若い世代にはしんどいんすよね〜。なんで雇ったのにちゃんと教育してくれないんだろうとか、売上のために人を欺すようなことを言わないといけないなんておかしいじゃんとかって、甘ったれたことを考えてしまうので」

思い返してみれば、正道が新卒でこの業界に入ったときだってそうだった。教えてもらいたいのに教えてもらえず、理不尽に叱責されて辛い目に遭う、なんてことが日常茶飯事だった。耐えられない人間から辞めていった。当時の上司を見て「こうはなりたくない」と思ったのが、最初の転職のきっかけだった。

「八王子さん、親切にいろいろ教えてくれるから。八王子さんが上司だったら心が折れることもなくて、辞めずに済んだ人、いっぱいいたと思いますよ。俺はたまたま同じ班だから幸運だっただけで」

「そんな調子のいいこと言っちゃって～。本当はこんなおじさんが同僚なのは嫌なんじゃないの？」

鎌をかけるような言い方になってしまった。小林がぎくりと肩を揺らしたように見えたが、気づかないふりをした。

「ま、まあ同僚って感じじゃないですけど……でも、俺、八王子さんが社長やってたら、その会社で働きたいって思いますよ」

俺が社長？　それは勘弁だ。どれほど他人から社会人として幼稚と言われようと、勘弁なのだ。

「偉くなるのは嫌だよ。碌なことがない。澤村さんを見ろ、センター長になってから数字の話しかしなくなっただろ」

「でも、中間管理職と社長だと、同じ〈偉い人〉でも全然違うんじゃないですか？」

小林の無邪気な口振りに、溜め息をつきそうになる。そりゃあ、中間管理職と社長では〈偉い〉のレベルが違う。そのレベルの違いは、責任の大きさの違いでもある。従業員とその家族の生活を抱え込む責任なんて、死んでもごめんだ。まだ渋谷センター長になる方がマシだ。

マシ。墜落。お節介。

何故かその三つの単語が、正道の中で色濃く浮かび上がった。

週明けの木曜日、一体どんな奇跡が起こったのか、小林は一件の契約をもぎ取ってタコを免れた。

未谷千晴

「すいませーん、転職はやめます。ごめんなさい」

面談ブースにやってきて開口一番そう宣言した八王子に、千晴はポカンと口を開ける羽目になった。面談の要望があったから、てっきり転職先について再考した上での相談だと思ったのに。

「それは、今の会社で働き続けるということですか？」

「いえ、独立することにしました」

独立。八王子の言葉を声に出さず喉の奥で繰り返す。「独立って、一人でやっていくという意味での独立ですか？」と間抜けな質問をしてしまう。

「ええ。おかげさまで経験と人脈だけはやたらあるので。何年か前に契約してくれた顧客に、コンサルをやってる人がいましてね。前の会社や前の前の会社や、その前の会社の同僚で独立した人間もいたので、彼らにいろいろと話を聞きまして、試しにやってみようかと」

あまりの変わりように、今日の面談で彼に話そうと思っていたことがすべて飛んだ。それはもう、見事に。

「あの、突然の変わり様にびっくりしているんですが」

「僕もびっくりしてます。まさか僕が独立なんてねえ、先月の僕が聞いたら泡吹いて気絶しちゃうかも」

ははは、っと笑う八王子に、千晴はさらに目を見開く。本当に、先月ここで面談をした彼に「あなた独立するらしいですよ」と聞かせてやりたい。

「うちの業界ね、意地悪なところがたくさんあるんですよ。顧客に千個話をしたら真実は三つしかないとか、営業マン同士の教え合い助け合いの文化がなかったりとか。仕事は面白いけど、そういうのが嫌で、会社に根付きたくないと思ってたんですよね」

八王子の表情は、初対面のときと変わらない。ザ・営業マンという風貌。髪型もスーツの着こなしも爽やか。清潔感のある営業スマイル。軽やかな口調も、フレンドリーな話し方も変わらない。

「そういうのね、誰も正さないまま、何十年もやってきたんですよね。新卒の子がそれで苦労したり、心折れて辞めていっちゃうのって、僕達がなあなあで済ませてきちゃったからなんだろうなと思いまして。でも僕一人で何とかできるとも思わないし、会社の中で出世して変えてやろうとも思えないんですよね、残念ながら」

笑いながらオーバーなリアクションで肩を竦めた八王子だが、不思議と彼の話は地に足が着いているというか——強固（きょうこ）な責任感を帯びているように聞こえた。

「だから、独立して、僕一人でもいいからそういう悪習のない不動産営業をやっていくのも、アリかなと思ったんですよ。社長というより、傭兵のフリーランスとして」

「フリーランスですか」

「これはこれで大変でしょうけど、転職を繰り返すのとやってることは一緒かなと思って。なら、まだこっちの方が、自分の人生に覚悟を決めた感じがするかなと思うんですよ」

どうです？　わざわざサムズアップまでしてきた八王子に、千晴は何と答えるべきか迷った。

会社員だった人間が、フリーランスになること。自分の名前と体一つで仕事をしていくこと。それは大きな決断だ。それまで会社員であったことで得られていた恩恵（おんけい）が消え、すべてが個人にのしかかる。税金、保険、年金、家賃、雑務……その人を取り巻くお金の流れも変わる。

今、自分は八王子正道という人間の、人生の重大な岐路(きろ)に立ち会っている。いや、彼が面談に来た時点で、立ち会う覚悟はあった。ちゃんとあった。

ただ、自分が想像していたより遥(はる)かに大きな決断を彼から提示された。その事実に足が竦んでいた。

「あの、八王子さん……」

言ったきり、言葉が続かない。一体何を言えというのだと、他ならぬ自分が首を傾げてしまっている。

「ああ、ご安心ください。未谷さんにどっちがいいか決めてくださいなんて、無責任なことは言いませんよ」

千晴の不安を綺麗(きれい)に読み取って、八王子は続けた。

「僕ね、会社も、住んでいるマンションも、服もスマホも、あとは友人関係すらも、『あ、変えよう』って思ったらすぐに変えちゃうんですよ。根が飽きっぽいんです。そして『変えよう』と思ったら、後戻りせずに今までやってきたので、今回もそれに倣(なら)おうと思います」

そう宣言すると、八王子は席を立った。「それじゃ、まだ会社の勤務日が残っているので。ギリギリまで売りますよぉ」とにこやかに千晴に手を振って、シェパード・キャリアを去っていった。

本来なら深々と一礼して見送るのに、千晴はエントランスで彼に手を振り返していた。

「独立だなんて、一番僕達が責任を持てない選択をさせてよかったんですか？」

八王子の決断を来栖と広沢に報告すると、珍しく在社していた天間が真っ先に声を上げた。至極ごもっともな意見だったが、広沢は「転職王子が転職王にならずに済んだ！」と胸を撫で下ろしている。

「転職なら、また次の転職でサポートすることができますけど、独立してフリーランスになるなんて」

天間の言葉を、「いいんじゃないですか」と来栖があからさまに遮る。オフィスに微妙な緊張が走った。

「覚悟が決まったならどうにかなるでしょ。あの人、仕事はできるし」

「確かに、八王子さんの実績だけ見れば、独立しても大丈夫そうに見えますけど」

歯にものが狭まったような言い方になってしまったのは自覚していた。来栖がPCから千晴へ視線を寄こす。ふふっと吐息をこぼすように笑ったのが見えた。間違いなく見えた。

「あの人のマイナスポイントだった転職回数の多さと、一ヶ所に長く留まれない気性が、独立したらチャラになるんだ。楽な道ではないだろうけど、今のあの人は結構強いよ」

来栖の考えていることは大概わからないが、今彼が浮かべている微笑みの正体はわかる。八王子が転職王子を卒業し、二年後でも三年後でもなく、十年、二十年先の自分を見つめている。そのことに微笑んでいる。

「俺、家を買うときはあの人から買うって決めてるからね」

ええっ？　と千晴が声に出すより早く、広沢は「マジでっ？」とデスクから身を乗り出す。それどころか、離れたところにいた営業の横山までが「え、来栖さん、転職王子から家買うの？」とこちらを見た。

ちょっとだけ鬱陶しそうに周囲に視線を泳がせた来栖は、「いや、考えてもみなって」と呟く。

「俺達にとっては頭の痛い転職王子だったけど、あのレベルの不動産営業マンに俺は会ったことがないよ」

話は以上、とばかりに来栖は仕事に戻った。広沢は「事務所構えるのかな。構えるなら開業祝いのお花でも贈る？」と早速フラワーギフトの通販サイトを開いた。

「本人が勝算があると思ってるならいいですけど」

天間だけが、そんな小言をこぼしていた。かすかに、本当にかすかに、目元に不満げな色が浮かんでいる。正直、千晴も八王子の決断を喜べばいいのか、天間のように心配すればいいのか、判断ができない。

ところが二ヶ月後、会社用のスマホに一本の電話があった。ランチを終えて会社に戻ろうとしている道中だった。

八王子正道——画面に表示された相手の名前を見て、千晴は慌てて通話ボタンを押した。

「はいっ、シェパード・キャリアの未谷です！」

悪い予感がして、応答も待たず「何かあったんですか？」と聞いてしまう。

『未谷さん、ご無沙汰しております。八王子正道でございます』

八王子の第一声は、爽やかな営業スマイルが見えそうな潑剌(はつらつ)としたものだった。

「はい……ご無沙汰です。どうされたんですか？」

『めでたく独立を果たしたんですけど、一ついいビジネスを思いついたんですよ。転職したら引っ越しをする人も多いですよね？　シェパード・キャリアさん、僕の会社と提携(ていけい)して新しいビジネスなんてどうです？』

スマホを耳に押し当てたまま、思わず千晴は足を止めた。歩道に敷かれた煉瓦(れんが)ブロックに爪先が引っかかって、前にずるっと転けそうになる。

「ビ、ビジネスですと……?」

『はい。とりあえず、姪っ子の未谷さんを味方につけて、そのあと社長さんに取り入ろうと思うんです』

「ちょっと待ってください！　私が社長の姪っ子だなんて話してないですよね？　一体誰から聞いたんですかっ？」

『あはは、企業秘密です。前の会社の年下同期が一人前になったら僕の会社に来たいって言うんで、僕も必死なんですよ』

　いや、必死って……。電話しながら呆然とシェパード・キャリアのオフィスのあるビルに入ると、エレベーターホールに来栖の後ろ姿があった。まさかこの男が情報源ではなかろうかと疑心暗鬼になってしまう。

『企画書を未谷さん宛に送りますので、ぜひご検討ください』

　言いたいことだけを言って、『それじゃ！』と八王子は電話を切った。

「八王子さん！　私まだ御社の会社名すら伺ってないんですけど！」

　思わず、スマホに向かって叫んだ。ポロンとメールの受信通知が来る。八王子が早速企画書を送ってきた。

「えええ……、何この人……」

スマホを握り締める千晴を、来栖が振り返った。表情はあまり変わらないのだが、口元が思い切り笑っていた。

「元転職王子だろ」

「はい……新しいビジネスのご相談だそうです」

「俺には中野の低層階マンションを買わないかって営業が来たよ」

「え、買うんですかっ？」

「いや、買わないけど。でも本当に不動産営業としては優秀だよ。買うならここは外せないなって思うポイントを絶妙に見抜いて押さえてくるんだから」

しばらく営業電話に付き合わされるんだろうけどな。うんざりした様子でエレベーターに乗り込んだ彼の背中に、千晴も続く。

八王子が独立を宣言したあの日から、この男が妙に機嫌がいいことは見抜いていた。恐らく、七年近く抱えていた心配事が一つ、解消されたから。

「八王子さん、変わらず活き活きされてましたよ。もしかしたら会社員時代より楽しいのかもしれないです」

エレベーター独特の浮遊感に、つい千晴も笑みをこぼしてしまった。来栖の笑みはすっかり引っ込んでいたが、機嫌はいいままだった。

「あの人、とことん会社員に向いてない人なんだよ」

第四話

優等生は、社会に出たら気をつけないといけないんですよ

三十歳／女性／製薬会社 営業職 退職

未谷千晴

その日、出社直後に一本の電話があった。およそ四ヶ月前、シェパード・キャリアを通じて採用活動を行った会社からだった。

相手は大手医薬品メーカー。内定して無事入社の運びとなった求職者の名は、皆川晶穂。

「お電話代わりました、キャリアアドバイザー（CA）の未谷です」

困惑しながら電話に出たら、相手の人事担当者はもっと困惑していた。

世間話も何もなく、先方はこう切り出した。

『六月にシェパードさん経由で来てくれた皆川晶穂さんなんですけどね』

「皆川さんに何か問題でもありましたか？　入社一ヶ月目は、特に問題なくお仕事されていたと伺ったのですが」

求職者が無事内定を獲得し、入社したあとも、業務に支障はないかときどき確認の電話をするようにしていた。そのときは何の問題もなく、むしろ評判がよかったのに。

『いえ、問題は何もないんです。とてもよく働いてくれていると、配属先の営業部でも大評判だったんです』

だったんですけど——電話の向こうで、相手がしゅんと肩を落としたのが声だけでわかった。

『辞めちゃったんですよ、彼女。九月末で』

相手の言葉に、千晴は言葉を失った。遅れて「え……」と絞り出したが、あとが続かない。

「退職してしまったということですか？」

『ええ、そうなんです。退職理由も一身上の都合で～としか教えてもらえなくて、うちとしても困惑してまして』

内定者が早期退職した場合、時としてエージェントにクレームを入れてくる会社もある。幸い、今回の相手はそんな印象もなく、むしろ「営業部がまた人手不足の状態になってしまってどうしようかと」と次につながる相談までしてくれた。

ひとまず担当営業とも話をして折り返すと伝え、電話を切った。

営業担当である横山は営業先へ直行しており、一緒に皆川の転職をサポートした天間は今日も一日会社見学に行っている。

「どうしたの」

オフィスをきょろきょろ見回す千晴に、背後から来栖の声が飛んでくる。ちょうど出社したところだったらしい彼が、杖を片手にこちらを見下ろしていた。

「以前、天間さんと対応した皆川晶穂さんが、辞めてしまったようで」

報告しても来栖は驚かなかった。杖の持ち手を人差し指でトントンと叩いたと思ったら、「なるほど」と吐息をつくように呟いた。

「四ヶ月か」

怖いくらい鋭い視線で、来栖が千晴のデスクに置かれたカレンダーを見つめる。

「ギリギリうちに報酬が支払われる期間でよかったな」

「いや、まあ、確かにそうなんですけど。だからこそ企業からしたら最悪なんじゃないでしょうか」

転職エージェントは求職者の転職をサポートし、その人が無事企業に内定して入社することで、報酬を得る。しかしその人が入社一ヶ月で退職してしまったら企業は堪ったものではない。なのでエージェントへの報酬の支払いには大抵、期間の制約がある。「入社後、三ヶ月勤務したら報酬が発生する」という具合に。

「そこは営業の横山にフォローさせればいいよ。未谷さんは皆川さんに連絡でもしてみたら」

「連絡してもいいもんでしょうか」

「入社四ヶ月なんだから、電話の一本くらいはしてもいいんじゃないの」

珍しくアドバイスらしいアドバイスをして、来栖はデスクに向かった。そうなるともう、皆川のことなど忘れたかのように素知らぬ顔で仕事モードに入ってしまう。

少し考えてから、千晴はスマホに手を伸ばした。

九月末で辞めたと担当者は言っていた。まだ一週間もたっていないから、今は無職なのだろうか。数日で次の仕事を決めてしまう人もいるが、彼女はどうだろうか。

五コールで彼女は出てくれた。スマホを見て、シェパード・キャリアの名前を確認して、一回溜め息をついて、通話ボタンを押す。そんな姿が想像できてしまった。

『はい、皆川です』

久々に聞いた皆川の声は、こちらに対する不信感が漂っていた。自然とスマホを持つ手に力がこもってしまう。

「シェパード・キャリアの未谷です。ご無沙汰してます」

『ああ、未谷さんでしたか。てっきり天間さんかと思いました』

天間は外出しておりまして……そう告げたら、皆川は『辞めたことですよね？』と率直に聞いてきた。

『せっかくサポートしてくださったのに、四ヶ月で辞めてしまってすみませんでした。天間さんにもそう伝えてください。会社見学にヒアリングに、いろいろお世話になったのに』

「いえ、それはいいんです。むしろ、どうして退職することになったのか、差し支えなければお聞きしたくて」

皆川が一瞬だけ押し黙る。うーん、と小さな唸り声がした。

『いい会社をご紹介いただいたと思います。前の会社と違って大きくて従業員数も多くて、育休・産休の制度もしっかりしてたし。なんとなくの習慣じゃなくて、会社の中がきちんとしたシステムで回っているのも、大きい会社は働きやすくていいなと思いました』

「じゃあ、どうして」

『でも、結局、前の会社と同じだったんです』

皆川の声のトーンは変わらないのに、その一言だけ、明らかに棘があった。千晴に向けた棘ではなく、もっと大きな——下手をすると、自分自身に向けたものだったのかもしれない。

「前の会社と同じというのは」

『すいません、上手く言語化できないんで、とにかくそういうことなんです。申し訳ないんで、次は別の転職エージェントを使います』

「いえ、もし次の転職をお考えなら、ぜひうちで」

『いえ、別のところを探します』

「いえいえ、でも」

いえ、いえいえ、いえ。同じ言葉を重ねながら押し問答を続けたが、最終的に皆川は厄介なセールスを断るかのように電話を切った。スマホの画面を見つめたま
ま、千晴は溜め息を堪えた。

いつだったか、天間に人の話を上手く聞くコツを教えてもらった。「はい」とか「そうです」とか、ポジティブなリアクションを相手から引き出すことで前向きに会話させる。皆川とのやり取りを思い返すと、真逆のことしかしていなかった。

時間を確認した。一日会社見学に行った天間が帰ってくるまで、まだ数時間ある。ひとまず、天間のスマホに簡潔なメッセージだけを送った。

しばらく返事はないだろうと思ったのに、天間からは三十分もせず返事が来た。

〈明日、皆川さんの元勤務先に行ってきます〉

短いメッセージだった。オフィスを見回すと、外回りに出ていた横山が戻ってきていた。スマホ片手に、千晴は「横山さ～ん……」と彼のところに駆けていった。

◇　◇　◇

およそ五ヶ月ぶりにやってきた大手製薬メーカーの社屋は、当然ながら何も変わっていなかった。受付の担当者の服装が、爽やかな色味のブラウスから、落ち着いた厚手のジャケットになったくらい。

そして、同行した横山の顔が困惑しているのと、言い出しっぺの天間の顔がこれまでにないくらい険しいこと。

いや、決して眉間に皺を寄せているとか、目が殺気立っているとか、そういうわけではない。ただ、前回は移動中もにこやかに世間話をしていた天間が、今日はずっと顎に手をやって、目を伏せて、物思いにふけっている。

人事部を訪ねると、担当者は会議室に通してくれた。横山が「お時間をいただいて申し訳ございません！」と菓子折を手渡す。

皆川の働きぶりについてヒアリングしたいという天間の要望を、横山は嫌がった。確かに、「おたくの会社に何か問題がなかったか調べさせてくれ」と受け取られてもおかしくはない。

「今後の求職者と企業様のミスマッチを防ぐためにも、ぜひお話を伺いたいんです」

よろしくお願いします、と頭を下げた天間は、普段通りにこやかだった。相手に誤解されぬよう、あくまで「今後のミスマッチを防ぐため」という体(てい)で話を進める。

「皆川さん、真面目(まじめ)に仕事するし、入社早々いい実績も上げていたんですよ」

物腰柔(ものごしや)わらかな担当者は、心底残念だという様子で話す。

「天間さんがいらっしゃるので、私も彼女がいた営業部の人間に話を聞いておいたんです。評判はすごくいい。部課長クラスも仕事熱心でいい営業だったと評価してますし、転職早々に他の社員のサポートに入ってくれてたし。前職が小さい会社さんだったおかげか、自分の頭で考えてちゃんと動いてくれるって聞きましたし。本当にね、シェパードさんにはいい人をご紹介いただいたなと思ってたんですよ」

担当者はそうフォローをしてくれたが、千晴も横山も、神妙(しんみょう)な顔で首を横に振った。天間だけが無表情のまま、何かを思案していた。

人事担当者からは、皆川のいい評判しか出てこなかった。人事部と現場では状況が違うかと思い、営業部にも話を聞きに行った。皆川がいた第一営業課の課長がたまたま社内にいて、ヒアリングさせてくれた。

「ご存じの通り、うちは自社商品を病院の先生方に直(じか)に売り込むルート営業がメインなんですが、顧客(こきゃく)である先生との関係性作りが大事なんですよ。異動や担当替えの直後は、どの営業も先生との信頼関係を構築するのに苦労するんです。数字に直接つながらなくても病院に足を運ぶことが大事なので、それが合わない人もいます。でも、皆川さんはそれも苦にせず、すごく頑張ってくれてたんですよ。入社二ケ月で、新規のお客さんも獲得してくれてね」

「皆川さん、会社の雰囲気には馴染めてたんでしょうか？」

天間の問いに、課長が首を傾げる。

「大丈夫だったと思うけどなあ。もちろん、会社だからいろいろトラブルはあるけど、他社に比べたらうちはみんな笑顔で働いてると思うんだけど」

課長からも、皆川の悪い評判は何も出てこなかった。目についた営業部員にも天間は声をかけたが（一日会社見学の際に親しくなった人がいたらしい）、仕事以外のプライベートな面や、ささやかな言動の一つにいたるまで、やはり悪い噂の一つも出なかった。

「真面目な人だったよね」

「ランチ会や飲み会なんかも適度に参加してたし」

「月末はみんな慌ただしくてピリピリする人もいるけど、皆川さんはそういうところもなかったかな」

「転職組だから当然といったら当然だけど、もう自分の仕事のペースがある人だったから。アレコレ丁寧に教えるなんてこともなかったけど」

「天間さんが会社見学に来たときはびっくりしたけど、ちゃんと仕事できる人が入ってきてくれてよかったって思ってたのに」

そんな話ばかりを聞いて、会社を出ることになった。幸いだったのは、人事担当者が近々またシェパード・キャリアに求人を出したいと言ってくれたことだった。営業部はしばらく人手不足のまま回すらしいが、介護休業を取得する予定の社員もいるから、増員の必要があるのだという。

横山は人事担当者ともう少し話したいからと会議室に残った。次の求人とやらを、この場ではっきり取り付けておきたいのだろう。

天間と二人で社屋を出た。まだ四時過ぎなのに、陽は傾いて空の色はぼんやり淡くなっている。十月に入り、すっかり日が短くなった。

「天間さん、皆川さんはなんで退職したんだと思いますか」

ずっと考え込んでいる様子の天間に、千晴は問いかける。

「たった一日とはいえ、僕も社内の様子はよく観察したつもりです。僕が見てきた中でも、かなりいい方の環境だったと今でも思います」

「そうですね。お話を聞いた感じ、営業部の社員さんも、性格に難ありな感じの人はいませんでしたし」

駅に向かいながらも、天間はずっと思案し続けていた。自分が一日会社見学で見たもの、ヒアリング調査で聞いたことを、一つ一つ思い返しているようだ。

「天間さんがこれまで担当してきた求職者で、こんなふうに早期退職してしまった人は」

「いませんよ」

喰い気味に返されて、言葉に詰まる。

「そうならないように、会社見学にヒアリングと、お節介なくらいに動いてきたんですから」

天間が求職者一人あたりにかけている時間も労力も他のCAの比ではない。その一人が早期退社なんて、ショックに違いない。転職の天使としてのプライドが傷ついた可能性もある。

「私の意見を言ってもいいですか？」

駅の改札前で立ち止まり、天間に問いかける。電光板には、人身事故で電車が遅れているという表示が無機質に流れていた。

「未谷さん、何か気づかれたんですか？」

「気づいたってほどでもないんですけど、あまりに皆川さんのいい評判しか出てこないのが、ちょっと気になって」

人事担当者の話を聞いている分には、そこまで違和感はなかった。採用の窓口だったとはいえ、皆川の仕事ぶりを直接見ているわけではない。いい話しか聞こえてこなくても無理はない。

「営業部で四ヶ月も仕事していたら、仕事上のトラブルが一つや二つあるものですし、不手際やうっかりもあったと思うんです。あとは、同僚が皆川さんにちょっと苛立ったりむかついたりすることもあったはずです。入社直後から営業成績もよかったなら、嫉妬や、やっかみもあったでしょうし」

「確かに、四ヶ月働いてたらそれくらいのことは普通にありますよね」

「しかも、皆川さんは入社四ヶ月で突然辞めているわけで、はっきり言って、いい辞め方ではないです。迷惑を被った人もいるでしょうし、心証はよくないだろうなと思います」

文句を言おうと思えば、言いやすい状態だった。「あの人、突然辞めるなんて非常識だよね。そういえばこの前だってさあ～」なんて話が出てきてもおかしくないのに、出てこなかった。

「それで、未谷さんはどう思ったの？」

天間の視線が、いつの間にか鋭いものになっていた。怒っているというより、自分が思い至らなかった可能性の一つを、強く追い求めている目だ。

「皆川さん、とても真面目に仕事をしてたんだと思います。それを職場も評価していました」

ただ、彼女は電話で「結局前の会社と同じだった」と言った。

「むしろ、その真面目さと周囲からの評価が原因なんじゃないかと思ったんです。職場がいい雰囲気を保っていたり、円滑に仕事が回っているように見えて、実は誰か一人に皺寄せがいっていることもあって……皆川さんって、そういう役回りに自然と収まってしまうタイプの人なのでは」

周囲は誰かのおかげで雰囲気よく仕事が円滑に回っていると気づかず、うちはいい会社、みんな楽しく一生懸命に働いてると言うのだ。

「なるほど」

千晴の説明に納得したのか、天間は両腕を組んで目を伏せた。視線は一点を見つめているのに、あちこちに考えを巡らせているのがよくわかる。

「未谷さんは、どうしてそのことに気づいたんですか？」

「そう聞かれると困るんですけど、ＣＡになる前の自分に、少し身に覚えがあっただけです」

「なるほど」

もう一度そう言って頷き、天間は初めてはっきりと眉間に皺を寄せた。

「僕はそこまで考えが至らなかったです」

「これは私の完全な想像なので、実態は全然違うかもしれません。それに天間さんの一日会社見学やヒアリング自体は、求職者に好評ですし、安心して入社できるという意味ですごくいい試(こころ)みだと思うんです」

あからさまなフォローになってしまった。天間の眉間に走る皺は、消えない。むしろ、ちょっと深くなった。

「僕のことはどうだっていいんですよ。問題は皆川さんのことです」

「天間さんや私が想像もできない部分で、皆川さんには看過(かんか)できないポイントがあったのかもしれないじゃないですか。そうなったらもう、仕方がないですよ」

天間の目がすうっと見開かれて、千晴を見た。いつもにこやかな彼から、ひどく冷たい視線を一瞬だけ送られた。

「僕達ＣＡにとっては〈仕方がない〉で片付けられることでも、求職者からしたら、大事な人生の中の、一大事なんですよ」

そんなことは、自分だってわかっている。私だって転職してＣＡになったんだから。そう思うのに、天間があまりに冷ややかな目をするものだから、何も言い返せなかった。

皆川晶穂

なんで私ばっかり。

上手く割れなかった割り箸を見つめていたら、巨大な溜め息が込み上げてきた。ああ、もう我慢する必要はないんだなと思って、思い切り吐き出した。

向かいに座る優吾が、「これは取り箸にするか」と晶穂の手から箸を取り上げる。新しい箸を割ったら、綺麗ではなかったがさっきよりはマシな割れ方をした。

晶穂はトンカツ定食、優吾は鯵フライ定食を頼んだ。シェアするメニューなんてないから、取り箸は必要ない。優吾は素知らぬ顔で歪な割り箸を自分のものにし、味噌汁をかき混ぜて啜った。

「またお母さんに怒られたん?」

優吾は関西出身ではないのだが、職場に関西から異動してきた先輩がいるせいで、日に日に謎の関西弁に感染しつつあった。ブラウンのマッシュルームカットに、真ん丸の眼鏡、似非にもなってない軽やかな関西弁は、なかなか愛嬌がある。

「うん、電話じゃなくてメッセージ送ってきただけだったけど。せっかく転職したのになんで辞めたのかとか、前の会社より大きくて給料もよかったのにって、長々書いてあった」

「あらあ、お怒りだねえ」

「次の仕事を早く探せ、空白期間が長くなるとああだこうだって、偉そうに。自分は総務部でずっと事務だったくせにさ」

「こらこら、そういう言い方をするもんじゃない。僕ら、総務の人がいないと仕事にならないだろ」

「でもさあ、こっちは暑い日も寒い日も雨の日も雪の日も外を歩き回って仕事してるんだよ。ずっとエアコンが効いた部屋でデスクワークしてる人に偉そうに説教される筋合いなくない？」

言い始めたら、次から次へと愚痴が出てくる。前の会社であったアレ、コレ、ソレ、アレにアレ。一つ思い出すと数珠つなぎにいろいろ蘇る。

「ごめん、今めちゃくちゃ性格悪い」

呟いて、晶穂はそのままトンカツにかぶりついた。サクサクに揚がった衣はところどころ鋭く、上顎に刺さって痛かった。

「わかってるよ。心に余裕がないときって、ちょっとした悪意とかイライラが巨大な悪口になって困るよな」

そう、別に総務部の人間を見下しているつもりなんてない。彼らがいるから自分達は外を走り回って仕事できる。それもわかっている。

ただ、母の偉そうな物言いに、かつて総務部の社員に嫌味を言われたこと、急ぎの案件なのに適当な対応をされたこと、その嫌な記憶が私の性格を悪くさせる。

「晶穂は溜め込むからなあ。今日もたくさん愚痴ったのに、まだ足りないか」

「悪かったね、買い物しても愚痴、お茶しても愚痴、映画を見終わっても愚痴で」

「いいさいいさ。ストレス発散は大事だよ」

優吾とは大学のサークルで知り合った。卒業後、晶穂は製薬メーカーの営業に、優吾は大手百貨店に入社し、販売部を経て現在は販売促進部でイベントや物産展の企画に携わっている。

店頭に立っていた年数も長かったからか、機嫌が悪かったり落ち込んでいたり、厄介な精神状態にある人間の扱いが上手い。

でもその経験値の大半は、イライラしている晶穂の相手をすることで培われたに違いない。

「仕事探しはどうなの。いいところ見つかった?」

こんな寛大な男の些細な質問すら、急かされているように感じてしまうのだから、私は心が狭い。

「エージェント使って失敗したから、自分で転職サイトの求人をチェックしてる」

シェパード・キャリアの天間は、いいCAだった。転職活動をする前にエージェントについて随分と調べたけれど、悪い噂もたくさん出てきた。いいCAに当たるかどうかが順調な転職活動のカギだと思い、心してシェパード・キャリアに面談に向かった。

そんな晶穂の胸の内を読み解いたように、天間は丁寧にヒアリングをし、求人を紹介してくれた。決めかねている晶穂のために、自分の目で会社の様子を確かめてきてくれた。

ここまでしてくれたのだから、いい会社に違いない。そう思って入社した。まさか、その会社を四ヶ月で辞める羽目になるなんて思わなかった。

「ごめんね。結局、ずるずるとまた無職になって」

「別に俺は気にしてないよ。自分の食い扶持を稼ぐってのは大事だからね」

八年付き合った優吾がプロポーズをしてくれたのは、前の会社……いや前の前の会社を辞めた直後だった。

自分の食い扶持を稼ぐのは大事。優吾と同じことを晶穂も思った。無職でプロポーズを受けるなんて、絶対に駄目だ。その状況に甘えて、ずるずると無職の期間が延びてしまう予感がした。

「転職するまで待って」と言って、プロポーズの返事は保留にした。新しい会社が決まってからは、「新しい会社に慣れるまで待って」と言った。

そして今、再び「転職するまで待って」というターンが来てしまった。

四ヶ月で辞めたのは、早まった決断だったのかもしれない。肉厚のトンカツを噛み千切りながら、そんなことを考えた。

今日が初めてじゃない。退職からおよそ二週間、ことあるごとに「早まったかも」と思う。もう少し我慢するべきだったんじゃないか、と。

「ただ、そのことなんだけどさあ」

鯵フライののった皿を空にして、優吾が箸を置く。ちゃんとした話が始まる合図のように思えた。

「むしろ、時間がある今のうちに結婚するってのも、一つの手じゃない？」

別に式を挙げるつもりもないんだし、結婚して、諸々の手続きをして、二人で暮らす部屋を探し、引っ越しをする。それらを終えてから改めて転職活動をするのもアリじゃないか？　優吾の言い分はそういうことだった。

「不甲斐ないことにさ、俺の稼ぎでは結婚しても共働きは必須なので」

「わかってるよ。私だって、立場が逆だったとしても、優吾に主夫やってよとは言えない」

トンカツの真ん中、一番大きな一切れを、慎重に口に入れる。また、上顎に硬い衣が刺さった。

「でもそれ、私の転職活動が長引くかもとか、転職してもまたゴタゴタするんじゃないかとか、そういうふうに思ってるってこと？」

嫌な言い方になった。同時に、これでも外食中だから抑えてる方なんだ、頑張ってる方なんだとも思ってしまう。もしこれが晶穂か優吾の家で、デリバリーピザを食べながら話していたら、周囲の目を気にせずもっと苛立った声を上げていたかもしれない。

「違う違う。ただ、よくも悪くも晶穂は今、時間があるし、俺も仕事にちょっと余裕があったから。年が明けたら俺もまた忙しくなるだろうし」

優吾の言葉に、定職に就いている人間特有の心の余裕みたいなものを感じてしまう。彼は決してひけらかしているわけではなく、晶穂が勝手に感じ取って、勝手に苛立っているだけなのに。

つくづく、今日は外食してよかった。

「デザートに蕎麦の実のアイスがあるよ。食べる？」

優吾がメニューを見せてくる。冷めてしまった味噌汁を飲みきって、晶穂は「いらない」とそっぽを向いた。「じゃあ俺は注文しようかな」と彼は店員を呼び止めた。注文票片手にやって来た店員にアイスクリームを頼んだ優吾は、何食わぬ顔で

「晶穂は？」と聞いてくる。

他人が側（そば）にいると晶穂が条件反射で猫を被（かぶ）ることをわかった上で、そうしてくる。こうすることで晶穂が自分の醜態（しゅうたい）を客観視してクールダウンすることを、彼はよくわかっているのだ。

「じゃあ、私も」

◇　◇　◇

皆川晶穂は大人（おとな）な子。子供っぽいことでいちいち騒いだり怒ったりしない。真面目な優等生。聞き分けがいい。

気がついたらそんなふうに言われていたし、そういう子だった。

決して無理をしていたわけではない。生まれながらにそういう性格でそういう気性（きしょう）だった。小学校の卒業文集の企画で、「クラスで一番真面目な人」「将来安定した仕事に就いてそうな人」というランキングの一位を取った。嬉（うれ）しいとも誇らしいとも思わず、ただ「だよな」と思った。

大学進学のために上京して、ドラッグストアでアルバイトを始めて、せっかくだからと登録販売者資格の勉強をしてみた。医薬品を売れる店員が増えるからと、店長も社員も喜んだ。医薬品メーカーの営業職に興味が湧いたのはその頃だ。

大学三年の春休みに就職活動を始めたら、すぐに乙葉製薬という会社から内定が出た。

従業員は工場を含めて百名。大塚の本社で働く従業員はそう多くなく、晶穂が配属された営業部は十人しかいなかった。

それでも、いい製品を作っている会社だと思った。規模こそ大きくないが、産婦人科領域では大企業以上に乙葉製薬を信頼してくれる医師だって多かった。

男性社員が多い職場だったが、事務職を含めれば女性社員もいたし、働きづらいとは思ってなかった。「今は何でもハラスメントになっちゃうから」と窮屈そうにしつつも、セクハラやパワハラをしてくる上司だっていない。

仕事にはやり甲斐があったし、卒業と同時に優吾と付き合っていて、仕事もプライベートも順調だった。

事情が変わったのは、同じ営業部の三歳年上の先輩・日下部が産休に入った頃。

営業部で女性は彼女と晶穂の二人だけだった。

日下部が受け持っていた仕事は、晶穂が引き継いだ。女性担当者の仕事は、女性担当者が引き継ぐ。そんなルールが会社にあったわけではないが、上司は「それが一番スムーズだろう」と言って引き継ぎの指示を出した。

晶穂の業務量は二倍になった。でも、上司は「皆川ならできる」と言ってくれた。

製薬会社の営業は、とにかく朝が早い。会社には直接出勤せず、まずは得意先である医薬品の卸(おろし)業者に顔を出す。そのあとに出社してデスクワークをこなし、午後からはまた得意先を回る。顧客は医師、薬剤師、管理栄養士、ケアマネージャー、医療ソーシャルワーカーと多岐(たき)にわたる。

特に病院の場合、診療(しんりょう)の合間(あいま)に面会をする必要があり、毎度しっかりこちらの話を聞いてもらえるとは限らない。会いたい先生が夜遅くまで診療をしているとなれば、終わるまで待つ。

乙葉製薬の薬を使い続けてもらえるように信頼関係を築き、時には改善点をヒアリングする。競合他社の薬を使っている顧客に、自社の薬の強みを何度も何度もプレゼンして、使用薬を変更してもらう。そうやって営業成績を上げるのが晶穂の仕事だった。

担当する顧客が二倍になったことで、忙(いそが)しいという言葉ではとても片付けられないくらい、晶穂の毎日は慌ただしくなった。何せ、この仕事は自分のペースで仕事をするのが難しい。顧客と面会できる時間に自分の仕事を合わせていくしかない。

引き継ぎをして一ヶ月。上司が「調子はどうだ」と聞いてくれた。本当はかなり忙しかったけれど、「なんとかやってます」と返した。上司は「日下部が帰ってくるまで、一年だけ頑張ってくれ」と晶穂を励ました。

一年頑張った。仕事の愚痴は優吾に吐き出した。彼はいつだって「晶穂は頑張ってるなあ。偉いよ、とても偉い」と言ってくれた。

一年たって、日下部が職場に復帰した。ところが、晶穂の仕事量は元に戻らなかった。時短勤務をする日下部の手に戻ったのは元の担当数の半分で、残りの半分は晶穂の元に残った。

それどころか、保育園に子供を迎えに行くからと午後四時に退社する彼女が訪問できない顧客を、晶穂が回ることになる。子供が熱を出したからと日下部が会社を休む、早退するとなったら、穴埋めをするのは前任者である晶穂だった。

ただでさえ自分のペースで動けない仕事は、日下部の都合と彼女の子供の体調にも左右されるようになった。

「晶穂ちゃん、昨日はごめんね。おかげでうちの子の熱もすぐに下がったから」

晶穂に仕事を任せて早退した翌日、日下部はそう言ってよくプチギフトをくれた。可愛らしいラッピングがされた焼き菓子だったり、マカロンだったり、ハンドクリームだったり、入浴剤だったり。最初はそれを気持ちよく受け取って、いいことをした気分になれた。

ただ、それが際限なく続くと、安いお礼でいいように使われている気がしてくる。

「晶穂ちゃん、いつも本当にごめん。もうちょっと何とかならないか、私も旦那や両親と相談するから」

　年上の彼女が両手を合わせて何度も謝ってくるのを、「いえいえ、大丈夫ですから」と宥めた。本当は全然大丈夫ではないけれど、この時間すら惜しいと思ってしまうくらい忙しかった。

　一番大変なのは日下部だとわかっていた。産休に入る前は張りのあった肌が乾ききってガサガサだし、美容院に行く時間もないのか、髪型は無造作な一つ結びばかりになった。ときどき会社の非常階段で、スマホ片手に保育園の先生に平身低頭で謝っているのだって知っていた。

　でも、なのだ。

　今日は早く帰ってサブスク解禁された映画を観ようと思っていた日、優吾と食事に行こうと約束していた日、生理が重くて体調が優れなかった日……どうして私が、と思いながら日下部の顧客のもとへ社用車を走らせた。旦那さんって育児しないんですか？　日下部さんの親は協力しないんですか？　シッターを雇うとかできないんですか？　そんな言葉を言わずに日下部を送り出した自分を、自分で何度も褒めた。

いよいよ限界かもしれないと思った頃、営業先の多さをリストにして「何とかなりませんかね」と上司にかけ合った。彼はリストもしっかり確認した上で、「わかった、考えるよ」と言ってくれたが、一ヶ月音沙汰がなかった。

「あの、私が日下部さんから引き継いでる分、もうちょっと他の人に振り分けてもらえたら嬉しいんですけど」

三度目の訴えでやっと、上司は「来月には社員募集をかけるから」と言ってた。

「だから、もうちょっと待ってよ。子育てしてる人をみんなでサポートしようよ」

まるで晶穂の心が狭いみたいな言い方だった。子育てをしながら仕事をして頑張っている先輩。その人を温かく支える職場。その中で晶穂が我が儘を言っているみたいだった。

来月には人材募集をかけると言ったのに、会社のウェブサイトの採用情報は一向に更新されなかった。夜、病院の駐車場で担当する医師の診療終わりを待ちながら転職サイトを検索してみたが、乙葉製薬の求人は一件もヒットしない。その年の新卒募集も、製造職しか募集していなかった。

大学生向けの就活サイトに掲載された乙葉製薬のページには「働く女性を応援する」「女性も働きやすい企業」「充実の育休・産休制度」という言葉が躍り、現場で活躍する女性社員として日下部のインタビューが掲載されていた。

〈女性社員がまだまだ少ない職場ですが、周囲にサポートしてもらいながら仕事と子育てを両立しています〉

笑(え)みを浮かべる日下部の写真を見た瞬間、プチッときた。比喩(ひゆ)ではなく、本当にこめかみのあたりで何かが切れる音がした。

〈育休・産休によって職場を離れる焦(あせ)りや、自分の時間だけが止まっているような不安はもちろんありましたが――〉

日下部がこのインタビューを受けることを何度も断っていたのを知っている。最終的に社長に頼み込まれて渋々引き受けたのも知っている。

逆の立場なら、晶穂だって嫌だ。何度も通い、話を聞き、信頼関係を築いた顧客を、後輩に奪(うば)われるなんて。子供を産(う)む選択(せんたく)をしたのは自分だから仕方がないとわかっていても、それでも嫌だ。

その後輩に何度も頭を下げて、感謝して、プチギフトを見繕(みつくろ)って渡して、でも心の底で「それは私の仕事だったのに」と妬(ねた)ましく思ってしまう。日下部はそれに罪悪感を覚えるタイプの人だ。ちょっと想像すれば、簡単(かんたん)にわかる。

わかるのに、プチッと切れてしまった。自分の心はお猪口(ちょこ)のように狭くなっていた。

自分が結婚して子供を産んだらサポートされる側になる。今こうやって頑張っているい分、いつか私が助けられる日がくる。わかっていても、こんなふうに誰かに負担を押しつける形でサポートされたくなかった。大体、これじゃあ独身だったり、結婚していても子供のいない人間ばかりがサポート役を担わされ続けるということじゃないか。

ああ、話しても、訴えても無駄だった。この会社は、私に負担を強いてOKだと思っている。そう思ったら急速に仕事への熱が冷めていって、さっさと辞めてやろうと思った。早く、できることなら、会社に打撃を与えるような形で辞めてやろう。

……そんな派手なことができるわけがなく、普通に退職願を上司に提出した。自分の怠慢を後悔し、詫びてくれるかと思った。なのに彼は「えっ、なんで?」と目を丸くしたのだ。晶穂の直訴など、ただの愚痴と受け取られていたようだった。

退職理由は、面倒だから結婚ということにした。「結婚したら専業主婦になってくれと言われているので」で押し通したら、退職の頃には「皆川は玉の輿にのったらしい」と噂が立った。

それを優吾に話したら「じゃあ、そろそろ本当に結婚しない?」とプロポーズされたから、よかったのか悪かったのか、未だに判断がつかない。不幸中の幸い……

はちょっと違う。うんざりするほど嫌なことの中にも、少しはいいことがあった。そんな感じだ。

「皆川さんが来てくれて助かったぁ〜」

シェパード・キャリアを利用して転職し、一週間。同じ部署の営業達からはよくそう言ってもらえた。自社製品の特徴や優位性は入社前にしっかり勉強しておいたし、営業としてやることは前の会社と一緒だ。

晶穂は入社初日から担当先に挨拶回りをし、三日目には営業として他の社員と同じように業務に当たった。教育係として指名されていたらしい先輩社員は、「私の仕事ないいね、助かっちゃった」と笑った。

中小企業らしく社員同士のつながりが濃かった乙葉製薬に比べると、新しい職場はビジネスライクでこざっぱりとした雰囲気だった。日報や報告書の提出も完全オンラインだし、「一日に一回必ずオフィスに顔を出すこと」という慣習もない。自分のペースで動けない営業の仕事だが、そういう細かなわずらわしさがないのがよかった。

「皆川さん、転職早々なのにバリバリ働いてるじゃん。びっくりしちゃった」

晶穂が配属された第一営業課の課長は、そう言って晶穂の担当先を二件増やした。人員が補填されるまで、彼が預かっていた分だという。

今月の数字をクリアすると、来月は今月より少し多い数字を求められる。それをクリアしたら、再来月はさらにハードルが上がる。既存の顧客だけでは達成できないから、新しい顧客を開拓する。

「皆川さんは前月比一一〇パーセントを達成しました。転職してまだ二ヶ月なのに、大活躍ですね」

月初めの営業会議で部長から名指しでそう褒められた。前月比一〇〇パーセントちょうどで先月を終えた営業部員が多い中、転職早々、誇らしい気分だった。

乙葉製薬に比べて規模の大きな製薬会社だから、取り扱う医薬品の数も多く、顧客も幅広い。競合他社がどんな新薬を開発した、厚生労働省からこの新薬に認可が下りた、海外でこんな論文が発表された……業務外で勉強しなければならないことが増えた。

八月に、営業部全体で納涼会があった。乾杯の音頭を取ったのは部長だった。

「業界的には結構大変な仕事だと思うけど、うちの会社の営業はみんな笑顔で活き活きしてて素晴らしいな！」

かんぱーい、とあちこちで声が上がる中、晶穂も近くのテーブルの同僚と乾杯をした。宴会場を見回すと、何人かがうんざりとした様子で生ビールを飲んでいるのに気づいた。

彼らと同じ顔を、自分もしている。仕事ができる人のところにばかり仕事が集まって、結果を求められて、余計に頑張らなければならない。彼らの頑張りによって月々の営業成績は達成される。ノルマ未達成でものほほんとしている社員や、頑張っても結果が出せない社員の分を、できる人間がカバーする。いずれ昇進で差がつくとしても、何年も先のことだし、給料の差もわずかでしかない。

その日、怖いくらい鮮やかに、はっきりと、辞めたいと思った。入社して三ヶ月しかたっていなかった。駄目、駄目。ここで辞めるのは駄目。「辞めたい」は、「三ヶ月頑張ってきたから、疲れてちょっと弱気になっただけ」ということにした。

八月の営業成績を、あえて落とした——というか、無理をしなかったら自然とそうなった。翌月の営業会議で課長は「ああ～下がっちゃったねえ。皆川さんの転職ブーストもここまでだったか」と笑いながら告げた。晶穂より成績の悪い人間は何人もいたのに、こちらが特別な失態を犯したみたいだった。

九月の中頃、十月から異動してくる若手社員の教育係を任せたいと、部長から直々に打診された。

「あの、正直……これ以上抱えるのはキャパオーバーかなと」

弱音を吐いた瞬間、耳たぶがほのかに熱くなる。熱はどんどん強くなる。

「もう転職したてってわけじゃないんだし、そろそろ周りのことも気にしてあげてよ。皆川さんにとっては初めての後輩なんだし」

なんで、私が自分のことだけを考えて仕事をしてきたみたいに言うんですか？　なんで、私が他の社員のフォローを一切してなかったみたいに言うんですか？　なんで、私にばっかり。

そんなことを言ったって、どうせ「皆川さんに期待してるからだよ」と言われておしまいだ。

乙葉製薬とは違う、いい会社に入れたと思っていた。会社の規模も、従業員数も違う。違うはずなのに、どうして同じようなことで私は息切れしているのか。

その日の夜、優吾が晶穂の家に来てくれた。何の祝い事でもないのに、ケーキを買って。缶ビールで乾杯をして、デリバリーのピザを食べた。

仕事の愚痴は、いつの間にか優吾への八つ当たりになった。最初は嬉しかったはずのケーキは、「どうしてこんなデブの元みたいなもの買ってきたの？　医薬品メーカーの営業が太ってたら説得力ないじゃん」という非難の材料になる。彼は困った様子で「うん、うん、そうだな。俺が悪い、ごめんよ」と謝った。

彼がケーキを持ち帰ったあと、部屋で一人、猛烈な自己嫌悪に襲われた。そういえば、彼が買ってきた二つのケーキはどちらも私が好きなやつだったな。そんなことを考えながら、彼に謝罪のメッセージを送った。

勝手に怒って勝手に沈静化して、勝手にしおらしく謝ってくるんだから——。そう思われているはずなのに、優吾はメッセージに既読をつけるとすぐに〈じゃあやっぱりケーキ食べようぜ〉と返信してきた。

数日後、営業部の社員の一人が、急病の父親のために介護休業を取得することになったと知らされた。その人が帰ってくるまでみんなでサポートし合おう。営業部長はそう言った。

その人の担当を振り分けられたのは、いつかの納涼会でうんざりした様子でビールを飲んでいた社員達だった。もちろん、その中には晶穂もいた。

五ヶ月ぶり二度目の退職願を出したのは、翌日だった。

◇　◇　◇

「ねえ、優吾ってどうして私を嫌いにならないの」

ベッドで布団にくるまってから、ふとそんな質問が口の端からこぼれた。シングルサイズのベッドは互いの肘と肘が常時重なり合ってしまうほど狭いのだが、そこから優吾の笑い声が伝わってきた。

「なんで？」

「いや、めちゃくちゃ怒りっぽいし、八つ当たりもするから」

「うーん、別に、俺のことが嫌いで怒ってるわけじゃないって知ってるから」

いや、お人好しすぎるだろ。呟こうとしたら、全部笑い声になった。この人だけは失いたくないと、つくづく思う。

「ていうか、晶穂がそうなってるのは晶穂が短気なせいじゃなくて、晶穂がいる環境のせいなんだってわかってるからだよ」

どうして私を嫌いにならないのという質問は、何もこれが初めてではない。喧嘩のたび、この質問をすれば何もかも許される気がして、しつこいほどしてきた。そのたび、彼は同じことを言う。

晶穂が前の会社を辞めるときも、前の前の会社を辞めるときも、彼は反対しなかった。

ピロンという電子音がサイドボードからした。優吾が自分のスマホに手を伸ばすが、すぐに「俺じゃないな」と布団の中に戻る。

のそのそと起きて、自分のスマホを手に取った。メールが届いていた。それも、シェパード・キャリアから。

ＣＡの未谷か、それとも天間か。退職直後に未谷と電話したのに、天間はその後、わざわざもう一度電話を寄こした。未谷にしたのと同じ説明をして電話を切った。顔なんて見えないのに、あの聞き上手(じょうず)な爽やかな笑顔がちょっと引き攣(つ)ったのがわかった。

メールの送信相手を確認して、晶穂は手を止めた。

来栖嵐という見知らぬ名前が、そこには記されていた。

未谷千晴

「十一時に皆川晶穂が面談に来るから」

出社直後、デスクにつくより早く来栖が発した言葉に、千晴は堪らず椅子(いす)から飛び上がった。

すぐ側で、天間まで同じことをしていた。

「皆川晶穂さんって、あの皆川晶穂さんですか……?」

天間とアイコンタクトを送り合ってから、恐る恐る来栖に問いかける。杖をつきながら優雅(ゆうが)に自分のデスクに移動した彼は、千晴と天間を交互に見てにやりと笑った。間違いなく、にやりと笑ったのだ。

「君達が転職をサポートしたのに、残念ながら四ヶ月で早期退職してしまった皆川晶穂だよ」

千晴の背後で、別の社員が椅子を引いて来栖を振り返った。出社してきたばかりの広沢が「え？」と足を止める。のほほんとオフィスを歩き回っているのは、コーヒーを淹れに給湯室に向かう洋子と、彼女のあとを追うタピオカくらいだ。

「来栖、皆川さんって、天間さんと未谷が担当した人だよね？」

誰もが聞きたかったことを、広沢が聞いてくれた。

「そうだけど？」

「……よろしかったのかしら？」

「これでお互い様だろ」

何食わぬ顔でデスクの端に杖を置いた来栖が、天間を見る。勝ち誇るわけでもなく蔑むわけでもなく、ただ一瞥する。

天間は、ただ目を見開いていた。憤慨することも苛立つこともせず、虚を衝かれた顔で。

「できるんですか？」

ぽつりと、天間が来栖に問いかける。

「何がですか？」

「皆川さんは、エージェントに不信感を抱いてます。もしかしたら、働くことそのものに対する不信感かもしれません。その状態でどうやって、彼女の転職をサポートするんですか」

「CAの数だけやり方はありますからね。よそのエージェントに移る前に、よければシェパード・キャリアの他のCAを試してみませんかと打診したら、面談だけならと了承してくれましたよ」

PCで何やら短く作業した来栖が再び席を立ち、側のプリンターから出力されたA4の紙を一枚手に取って、千晴へ歩み寄る。

「未谷さん、今日の十一時は空いてたよね」

「はい、今日の面談は全部夕方からなので」

「なら、皆川さんの面談、同席して」

「いいんですか?」

恐らく、皆川は千晴にだって不信感を抱いている。いい転職をさせてくれなかったCAの一人として。最後の電話でのやり取りが、それを如実に物語っていた。

「俺じゃあ説得力がない可能性があるから、未谷さんがいると助かる」

「嫌な予感がしますけど、来栖さんがそう言うなら、同席します」

「助かるよ。うちの会社で君ほど相応しい人はいないから」

来栖は口元こそ笑っていたが、鼻から上は猛烈に意地の悪い顔をしていた。君ほど相応しい人はいないという言葉は、恐らく、あまりいい意味ではない。

「じゃあ、面談中に適当なところでこれを出して」

出力されたばかりの書類を手渡される。ほのかに温かいそれは、求人票だった。

「あの、この求人は」

「今日の起死回生の一手かな」

来栖が時間を確認する。皆川晶穂の来社時間まで、一時間を切っている。


皆川は十一時ちょうどにシェパード・キャリアにやって来た。初めて面談をしに来たときと同じ、強ばった能面のような顔だった。

「ご足労いただきありがとうございます」

面談ブースの椅子に浅く腰掛けた皆川に、来栖が小さく一礼する。能面みたいな表情の二人が向き合うと――申し訳ないがお通夜か何かに思えてきた。

「早期退職された方は別のエージェントに行ってしまうことが多いので、再び面談していただけて嬉しいです」

ちっとも嬉しそうじゃないが、皆川は気にしていないようだった。「いいえ」とぶっきらぼうに首を横に振る。

「こちらこそ、ご迷惑をおかけしました」

「差し支えなければ、退職の理由を伺ってもよろしいですか？」

皆川の視線が、解けるように来栖から外れる。「それって面談に必要ですか？」と渋い顔をした彼女に、来栖は淡々と頷いた。

「次の転職に向けた面談ですから、前の職場にどんな不満があったのか、次の職場に何を求めるのかは、CAとして知っておく必要があります。何より、今回は我々がご紹介した企業と、皆川さんとの間でミスマッチが発生したわけですから」

「いえ、天間さんと未谷さんは、とてもよくサポートしてくださったと思っていて」

「当然ですよ。ちょっと甘やかしすぎじゃないかというくらい、手取り足取りサポートしていましたからね」

皆川の言葉を遮って、来栖がいつもの調子で話し出す。隣に腰掛けたまま、彼の足を踏んでやろうかと思ったが、耐えた。

目を丸くした皆川が、「ええ、そうですね」とか細く呟く。

「天間は一日会社見学……いや、あれはもう就業体験ですね。そこまでして皆川さんが安心して働ける職場かどうかをチェックしていました。恐らく、僕のようにあからさまに難ありな性格の社員もいないし、職場の雰囲気がギスギスしてるということもなかったはずです」

うわ、自分で言った。千晴が来栖の横顔を凝視するのと全く同じタイミングで、皆川も同じ反応をする。彼女は視線を泳がせながら、言葉を拾い集めるように話し出した。

「天間さんはいい雰囲気の会社だとおっしゃってました。確かに一日見学しただけならそうだと思います。あと、人によっては入社してからもいい雰囲気の会社だと思います。でも、そういう雰囲気を作り出すために、見えないところで皺寄せを受けている人間がいるんです」

「でしょうね。皆川さんはどちらかというと、そういう役割に自然と収まる……いや、いつの間にか周囲から勝手にそのポジションに座らされてしまうタイプだ」

ふふっと、吐息なのか笑い声なのか判別できないものをこぼしながら、来栖は続ける。

「中学や高校の頃、教室にいませんでしたか？　入学直後にもかかわらず、成績や日頃の振る舞いから教師にもクラスメイトにも自然と優等生として扱われるタイプの人。その人がちょっと制服を着崩したり、教師に反抗的な態度を取ったりすると、烈火のごとく怒られる。素行不良の生徒をお説教してもたいした効果はないけれど、優等生を叱ると不思議と教室の空気が引き締まり、よりよいクラス運営につながりますから」

千晴は皆川と来栖の顔を交互に見た。来栖は一体、ここからどう話を転がすつもりなのか。

ただ、皆川はそんな彼をじっと見ている。無愛想に伏せられていた目が、来栖の話に聞き入っていた。

「そういう人が組織に一人いるとね、上に立つ人間は楽なんですよ。組織全体の成績が振るわないとき、人員的な不具合が生じたとき、従順に頑張ってくれる人がいることで、最小限の労力で状況を好転させることができるから」

覚えがあったのだろうか。皆川が無言のまま、ゆっくりと頷いた。

「優等生は、社会に出たら気をつけないといけないんですよ。学生時代と同じ感覚で周囲から求められるがままに優等生をしていると、いいように使われてしまう危険性がある。使う側の悪意のあるなしに関係なく、地球の重力に月が引っぱられるように、組織の中で意図せず苦労を背負い込む羽目になる」

そしてこれは僕のCAとしての経験ですが——。ちょっとだけ遠い目をして、来栖はこう続けた。

「このタイプの人は、総じて助けを求めるのが下手です。大変なときに周囲に助けてと言えない。これまで優等生として、困難は自分の力で解決してきたから。それで周囲が評価してくれたから」

「それは、ちょっとわかります」

しみじみと頷いた皆川が、小さく溜め息をつく。

「自分のしんどさを、変に矮小化して伝えてしまうのは、私の悪い癖だと」

「それが『大変なことも嫌な顔一つせずやってくれる』という、あなたの長所になっているわけです。そして、あなたは自分の長所に押し潰されてここにいる」

うん、うん。何度も頷く皆川に、何かフォローがしたかったのに、言葉にならない。

「あなたのそういう我慢強くて優しいところが、天間にとって誤算だったんでしょうね。あなたは面談で前の会社の問題点をズバズバと言ってたから、天間はあなたが嫌なことを嫌と言える人だと勘違いした。ただ単に、天間が聞き上手だったから、自然とあなたも話し上手になれたってだけなのに」

天間と一緒に皆川の面談をしたときのことを思い出した。確かに、彼女は自分が勤めていた会社の問題点や不満を、饒舌に話してくれた。

引き出された言葉は確かに彼女の本音だったけれど、その本音を普段からきちんと口にできる人間かどうかは、全くの別問題だ。天間の話術にばかり感心して、すっかり見落としていた。

「来栖さん、私と面談するのは今日が初めてなのに、どうしてそんなことまでわかるんですか?」

皆川の目が、一瞬だけ千晴に向けられる。担当CAから又聞きしたにしても、何もかも見抜きすぎじゃないの?　という目だ。

「皆川さんが転職先を四ヶ月で辞めたからですよ」

「どういうことですか」

「四ヶ月で辞めたということは、転職後、かなり早い段階から職場に違和感を覚えていたはずです。六月に入社して、九月に退職。あと数ヶ月我慢すればボーナスの季節なのに、あなたは我慢の限界だった。でも四ヶ月働いた。それは、三ヶ月以内に辞めるとシェパード・キャリアに報酬が支払われない可能性があったから。あなたは余裕を持って四ヶ月働いて、我々に迷惑がかからないようにした」

仮定の話だというのに、来栖は確信しているようだった。そうとしか思えない顔を彼はしていた。教科書を読み上げている姿を、隣の席から眺(なが)めている気分だ。

「確かに、八月に一度辞めたいと思ったとき、最初に考えたのはそれです。前に転職エージェントについて調べたとき、企業から報酬が支払われるには転職者が三ヶ月くらいちゃんと働く必要があるってネットに書いてあって……いろいろとお世話になったのに、ここで辞めるとシェパード・キャリアさんに迷惑が掛かるなって」

「普通は『こんな会社を紹介しやがって』と怒って辞めるところですが、皆川さんがそうではなかったから、我々は助かったわけですね」

「でも、もうそういうふうに生きるのはやめます。これからはもっと自分勝手に、他人なんて知ったこっちゃないって思いながら生きていきます。次の職場は、最初からそういうキャラでいってやります」

それが一番、楽ってことですよね？　そう言いたげに皆川が来栖を見て、千晴を見る。肯定するのも否定するのも違う。違うと思うのだが、どう答えていいのかわからない。ただ、どっちつかずな反応をすることが一番卑怯な気がした。

「まずは」

ずっと黙っていたせいか、喉が声の出し方を忘れていた。咳払いをして、千晴は皆川を見つめた。

「まずは、ちゃんと助けを求められるようになるのが、大事なんじゃないでしょうか。自分勝手に生きるって、それはそれで恐らく大変なはずです」

「抱えてる仕事が多すぎてしんどいですって言っても、頑張れと励まされるか、はぐらかされるかしかしてこなかったのに、ですか？」

そう言われたら、こちらは何も言い返せない。しょせんはＣＡの意見だ。皆川の普段の働きぶりも、職場での様子も、プライベートでのリフレッシュの仕方も、何も知らない。

「でも、あなたが変わることで、あなたがいる環境そのものも変わるかもしれない、という希望はあると思いますよ」

来栖の言葉に、皆川がますます怪訝(けげん)そうに眉を寄せる。

「どういうことですか」

「人間も会社も変わる可能性がある、ということです」

来栖が綺麗に言葉を切る。彼の目が流れるように千晴に向く。なるほど、彼が先ほど言っていた「適当なところ」とは、どうやらここらしい。

ずっと膝(ひざ)に抱えていた書類ファイルから、千晴は来栖が用意した起死回生の一手を差し出した。

「こちら、改めて皆川さんにご紹介したい求人です」

求人票に手を伸ばした皆川が、会社名を見てハッと手を止めた。

「なんですか、これ」

ふざけないでよ、という顔で彼女がこちらを見る。

「これ、乙葉製薬の求人じゃないですか」

皆川がシェパード・キャリアにやって来る前まで勤めていた製薬会社は、営業職の中途採用を行っていた。偶然にも、シェパード・キャリアを利用して。

求人票を睨(にら)みつける皆川に、千晴は営業担当からこの一時間弱の間に聞いたことを慌てて説明した。

「弊社の営業担当曰く、乙葉製薬さんは皆川さんが辞めたあと、営業を一人採用したそうです。それでも営業部が回らなくなり、『いい加減人を増やしてくれ』と管理職に直訴した結果、今回の採用活動がスタートしたとのことです」

「なにそれ。なんで、私がいたときは誰もそんなこと……」

言ってくれなかったじゃん。

大きく肩を落とした皆川の顔が、一瞬だけ、泣き出しそうな幼いものになる。

「私が持ってた担当を新入の営業が引き継いだら、忙しくてパンクしたってことですよね。その人がしんどいって言ったら、みんなが可哀想って同情して、人を増やせって上の人に訴えたってことですよね。何それ」

私は可哀想じゃなかったっていうの？　そんな目で皆川が吐き捨てる。取り乱す彼女を真正面から見ているのに、来栖は怖いくらい、いつも通り淡々としていた。

「皆川さんの立場では、そう見えても仕方がないでしょう。でも、あなたが辞めたことがいい意味で劇薬になって、皆さん目が覚めたんだと思いますよ」

来栖が求人票の下段を指さす。勤務地、業務内容、給与といった諸条件の下に、備考欄がある。各項目に収まりきらなかった企業の特徴や、どうしても求人票に載せておきたいＰＲポイントが書かれている。

「うちの営業が乙葉製薬にヒアリングに行った際、人事担当以外に営業部の人間も何人か同席して、部内の働き方改革について熱心に話してくれたそうです」

他社の求人票の場合、備考欄には「女性が働きやすい職場」とか「風通しのいい雰囲気の会社」とか、抽象的な物言いが並ぶことが多かった。

乙葉製薬の場合は逆だった。

男女関係なく一人の人間に負担が行き過ぎないよう、全員の労働状況を可視化する仕組みを作ったこと。特定の社員に皺寄せがいく職場にならないよう、社内に対策委員会を立ち上げたこと。委員会で出た改善点を、会社の上層部に直訴できる仕組みを構築したこと。営業部だけでなく、全部署にこれを広げていく予定であること。制度を作って終わりではなく、しっかり運用されているかどうかを定期的にチェックする体制も作ったこと。

「この取り組みの発起人は、営業部の日下部さんという女性の方だそうですよ」

来栖が出した名前に、皆川がすーっと目を見開いたのがわかった。そのままゆっくり求人票から顔を上げる。

営業部には女性が二人だけ。皆川と、三歳年上の先輩が一人。その人が産休と育休を取ることになって、皆川が仕事をすべて引き継いだ。以前、彼女がそう話してくれたのを思い出す。

「日下部さん、ですか」

呆れるでもなく、憤るでもなく、皆川が肩を落とす。その瞬間、彼女の肩にのしかかっていた何かが下ろされたように見えた。

咄嗟に口が動いた。

「皆川さんが求めていたのは、大きな企業でも育休制度が整っている会社でもなくて、誰か一人に皺寄せがいかないようなシステムのある職場だったんだと思います」

求人票から顔を上げた皆川の両目は、ここに来たときよりずっと澄んで見えた。疲れ切って、働くという行為に失望して、何もかも嫌になって濁った目ではない。

どうかこの目が再び濁りませんように。そう思った。

「こういう言い方は、もしかしたら不愉快かもしれませんけど……私も以前、皆川さんと同じような働き方をしてました。自分を求めてもらえる場所で働きたくて、周囲から押しつけられる大変なポジションを、自分から喜んで受け入れてしまっていたというか」

「今は？」

喰い気味に、皆川が聞いてくる。

「今は、どうなんですか」

「大変なことも多いですし、力不足を痛感する毎日ですけど、働くっていいものだなと思っています」

自分の言葉がどれほど皆川に響くのかはわからない。しょせんはCA二年目の言葉だ。

皆川はゆっくり求人票を手に取った。薄いA4用紙一枚を、丁寧に両手で。

「一度辞めた会社をもう一度受けるって、どうなんでしょう？　名前を見ただけで落とされそうじゃないですか？」

小さく笑った来栖が、「さあ、どうでしょう」と首を傾げる。

「一度辞めた人間はNGなんて求人票には書いてありませんから、受けるのは皆川さんの自由ではないでしょうか」

◇　◇　◇

皆川晶穂の内定はあっさり出た。「名前を見ただけで落とされそう」という本人の心配も何のその、応募書類を見た営業部の社員達が「早く採用通知を出して！」と人事部に駆け込んできたのだとか。

「失敗したあ……」

夕方に内定の知らせを受けてから、天間はずっとそう繰り返している。グラスになみなみと注がれた生ビールを一気に半分飲んで、「失敗だ〜」とテーブルに顔を伏せる。

「天間さん、何もそこまで落ち込まなくても」

「落ち込みますよ。転職の天使なんて言われて調子に乗ってた。気を引き締めないとです」

同じく生ビールのグラスを片手に、千晴は「はあ……」と相槌を打つ。会社の側のイタリアンは午後七時を過ぎて混み合ってきたが、千晴と天間の座るテーブルの周りはがらんとしていた。

「天間さんのやり方が合ってる求職者もたくさんいるんですから。今回はたまたまそれでは上手くいかない人だったってだけじゃないですか」

グラスに口をつけて、以前、天間に言われたことを思い出す。

——僕達CAにとっては〈仕方がない〉で片付けられることでも、求職者からしたら、大事な人生の中の、一大事なんですよ。

「未谷さん、今からとても怖い話をしますね」

天間も同じことを思い返したのだろうか、テーブルに頬杖をついて、肩を落とす。溜め息をついたようにも見えた。

「僕ね、CAになりたての頃、一人の求職者の転職をサポートしました。当時は別に、一日会社見学なんてやってない、普通のCAでした」

ゆっくり頷いて、続きを促す。他のテーブルは金曜の夜の飲み会に興じる会社員ばかりなのに、途端にこのテーブルの空気が緊張する。

「上手いこと希望通りの会社にスムーズに転職できて、その人はとても喜んでくれました。僕自身、いい仕事をしたと思って、内定が出た日はこんなふうに会社帰りにビールを飲みました。ところが数年後、テレビのニュースでその人の名前を見ました。転職した会社で、不正経理の当事者として逮捕されてました」

グラスを両手で持ったまま言葉を失った千晴を一瞥し、天間は天井を仰ぐ。

「後々わかったことですが、その会社は不正経理がすっかり慣習になっていて、転職したその人は、運悪くその片棒を担がされ、最終的に責任を背負わされて逮捕されたわけです」

「怖い話、ですね」

CAである自分がそんな会社を勧めたのが、そもそもの元凶だった。天間はそう言いたいのだろうし、フォローしようと思えば「それは天間さんのせいじゃないです」と言える。でも、言ったところで彼の胸に巣食っているわだかまりや後悔は消えやしないだろう。

「もしかして天間さん、それ以来アレを始めたんですか」

「ええ、たった一日の会社見学でもヒアリングでもいいから、ここに大事な求職者を送り出していいかどうか、この目で確認しないと、いてもたってもいられないんですよ。自分が担当した人の名前を事件のニュースで見るなんて、二度とごめんです」

天間が早々にビールを飲み干す。爽やかがスーツを着て歩いているような普段の彼とは似ても似つかない、人間臭くて生っぽい仕草(しぐさ)だった。千晴はそっとドリンクメニューを差し出し、通りかかった店員を呼び止めた。

「天間さんの噂を小耳に挟(はさ)んだんです」

彼の手元に二杯目のビールが届いたところで、千晴は切り出した。

「ああ、前に働いてたエージェントの話ですか？」

「天間さんが原因でトラブルが起こって、ＣＡが大量離脱しそうになったと聞きました」

「はいはい、確かに短く要約するとそうなりますね」

二杯目のビールも一気に半分飲んでしまった天間が、ポイ捨てでもするみたいに乾いた声で笑う。

「要約しないと、どうなるんですか？」

「僕があまりに求職者ファーストかつ、お節介な仕事ばかりするから、前のエージェントでちょっと有名になってしまいまして。他の求職者がみんな僕と同じことを自分の担当に求めるようになって。会社の評判自体はよくなるもんだから、上司もそれを推奨したんですよ。案の定、『あんな仕事の仕方を強制するなら辞める』というCAが続出したわけです」

「それで、逆に天間さんが転職を？」

「結果として職場の空気を悪くしたのは僕ですからね。僕のやり方のせいで、他のCAに皺寄せが行ったんだろうなと、今回の件で改めて反省しました」

何度目かの溜め息をついた天間が、「あ、そういえば」と思い出したように千晴を見る。

「シェパード・キャリアの採用面接で、このことはちゃんと落合社長に正直に伝えましたからね？　このやり方を変えるつもりがないということも」

「叔母さ、いや、社長はなんと？」

「『うちには転職の魔王様がいるから、転職の天使様もいた方がバランスがよさそうね』と言ってましたよ。魔王は仕事が早いから、僕が一人ひとりじっくりサポートしても会社は回るからOKだって」

なるほど、洋子らしい。天間の分の求職者を来栖が抱えて対応しているのは事実だから、すべて洋子の目論見通り社内は回っているわけだ。

「魔王様、ただの毒舌ってわけじゃないこともわかって、勉強になりました。あの人は、よく人を見ています」

「そうですね。皆川さんと一度も直接話してないのに、彼女の性格をずばずば言い当てたの、びっくりを通り越してちょっと怖かったですもん」

天間の視線が店の入り口へ動く。振り返ると、洋子を先頭に来栖と広沢、横山がぞろぞろと入店してきた。

たまにはみんなでご飯に行こうか、と言い出したのは洋子だった。今日の分の面談が早めに終わった千晴と天間で先に席を確保していたのだが、来栖も広沢も横山も、無事今日の仕事を片付けたらしい。

横山が若干げっそりしているのは、皆川がこの間まで勤めていた大手医薬品メーカーの担当が彼で、夕方まで来栖から「あの会社は危うくて求職者を送り出せないから、営業として君が上手いこと人事担当者に助言しろ。できないなら俺が行ってくる」と詰められていたからだろう。

「はい皆さん、今週もお仕事お疲れさまでした！」

全員分の飲み物が運ばれてきてすぐ、洋子が高らかに乾杯の音頭を取った。すでにほろ酔いを通り越してだいぶ酔った様子の天間が、ふらふらと空のビールグラスを掲げた。

とにもかくにも、皆川晶穂の次の職場が決まってよかった。届いてから時間のたった千晴のビールは気が抜けて温(ぬる)くなってしまったが、乾杯後は不思議と美味しく感じた。


「芸術的なまでに酔ってるな」

横山に半分担がれるようにして店を出てきた天間に、来栖が感心した様子で呟いた。確かに、今日日(きょうび)なかなかお目にかかれない千鳥足(ちどりあし)だった。

「皆さんが来るまでに、皆川さんのことで反省点があると言いながら結構飲んでたので」

「彼女に関しては、天間のやり方がお節介すぎて合わなかったというだけだろ」

天間が入社した日、担当している求職者を奪った奪われたという騒動があった来栖だが、その口振りは意外とCAとしての天間を買っているように聞こえた。

「来栖さんは天間さんのやり方、どう思ってるんですか？」

「人間相手の仕事だから、俺に合わない求職者もいるし、天間に合わない求職者もいる。未谷さんじゃないと説得力を持って伝えられないこともある。それだけの話だろ」

皆川晶穂みたいにな。そうつけ足した来栖に、ずっと気になっていたことを問いかけた。

「皆川さんとの面談に私を同席させたのって、私が皆川さんと似たような働き方をしてたからですか」

「それ以外に何があるっていうのさ」

ああ、やっぱり。合点がいった千晴の横で、来栖が笑う。杖を体の前に移動させ、持ち手に両手を添えて千晴を見た。

「いやあ、あの人、一年ちょっと前に見た〈気持ち悪い社畜（しゃちく）〉そっくりだった。『本当に気持ちが悪いくらい社畜ですね』って喉まで出かかって何度堪（こら）えたことか」

ええっ？　と声を上げたら、予想以上の大声になった。会計をして店を出てきた洋子も、千鳥足の天間も、彼を支える横山も、それを面白がって眺めている広沢も、みんな一斉にこちらを見た。

「じゃあ、初対面の皆川さんの性格をあんな見事に言い当てられたのって……」

「そんなの、よく似た〈気持ち悪い社畜〉をよく知ってるからに決まってるだろ。あの人は、〈気持ち悪い社畜〉のまま転職をしちゃった未谷さんだよ。転職先でどんな目に遭って、どう自分を磨（す）り減らして、どう力尽きたのか、手に取るようにわかった」

来栖は微笑んでいた。いつもよりちょっとだけ機嫌がよさそうに見えたが、別に酔っているわけではないはずだ。足を悪くしてから、彼は酒を飲むのは控えているらしいから。

「大事な話があるから飲み直しにいくぞ」と洋子に絡まれる来栖の姿を眺めながら、そんなことを考えた――が、天間が本格的に気持ち悪そうな顔をし始めたので、慌てて近くの自販機に水を買いにいった。

第五話

大人なんだから、自分で決断すればいいんですよ

三十三歳／男性／転職エージェントCA

未谷千晴

「すみませーん、転職したいんですけど」

ランチから戻ったら、会社のエントランスに一人の男性が立っていた。千晴(ちはる)に気づくなり、にこやかにそんなことを言ってくる。

歳(とし)は千晴より少し上、来栖(くるす)と同じくらいに見えた。黒いコートを着込んで、手にはビジネスバッグ。首には鮮(あざ)やかな辛子色(からしいろ)のマフラーをしていた。外回りの途中にふらりと立ち寄ったという出(い)で立(た)ちだ。

「転職、したい？」

「はい。ここ、転職エージェントなんですよね？　僕、転職したいんで、話を聞いてもらえませんか？」

「念のための確認なのですが、ご予約はされてますか？　というか、シェパード・キャリアへのご登録(とうろく)は？」

「してないです」

にやっと白い歯を覗(のぞ)かせた彼に、千晴は「はあ……」と首を傾(かし)げた。

面談なんて毎日のようにやっているが、基本的にやって来る求職者はまずシェパード・キャリアのサイトに登録し、面談の予約を入れた上で来社する。飛び込みで面談だなんて、聞いたことがない。

「えーと、じゃあ、とりあえず、中へどうぞ」

午後からしばらくは予定が詰まっていないから、ひとまず彼を面談ブースに案内した。千晴が名刺を渡すと、彼は丁寧に一礼してから自分の名刺を取り出した。

「三澄エネルギー産業の海外事業本部にいます、児玉修一郎と申します」

「三澄エネルギーさんは知ってます。老舗のエネルギー開発企業ですよね」

液化石油ガス分野の国内シェアは第二位だったはずだし、水素や太陽光といった新エネルギー分野にもかなり早くから進出していた。

「あ、知ってます？　嬉しいなあ」

気さくに笑って椅子に腰掛けた児玉は、千晴が渡した名刺を覗き込む。たいしたことは書いていないのに、妙に興味津々な様子だった。

「キャリアアドバイザー（ＣＡ）って、転職したい人にアドバイスしたり求人を紹介したりしてサポートする人ですよね？」

「そうです。もし児玉さんが転職をお考えのようなら、まずは転職理由や次の職場の希望条件などをお聞きして――」

千晴が言い終えないうちに、児玉がぐいっとこちらに身を乗り出す。

「来栖嵐(あらし)」

思わず身を引いた千晴に、彼ははっきり来栖の名前を口にした。

「来栖嵐、ここにいますよね？」

来栖はシェパード・キャリアのCAとして何度かメディアに出ている。彼を指名したいという求職者がいるくらいだ。

「はい、来栖は確かにおりますが、弊社ではCAの指名は承(うけたまわ)っていなくて」

「俺、あいつの元同僚なんです」

喰(く)い気味(ぎみ)にそう告げた児玉に、堪(たま)らず千晴は「ええっ？」と声を上げてしまう。

「同僚って……商社時代の？」

口が滑(すべ)ったと自覚したときにはもう遅かった。児玉は「そうです！」と嬉しそうに頷(うなず)いて、話をぐいぐい進めてしまう。

「同期入社で研修チームも一緒。あいつは入社式で新入社員代表スピーチをして、入社二年目でブラジルの鉱山会社の投資管理を任されるような出世頭(がしら)で、俺は万年二番手でしたけどね。仲良く会社帰りに飲んで仕事の愚痴(ぐち)を言い合った仲です」

新入社員代表スピーチに、ブラジルの鉱山会社の投資管理。どちらも以前、来栖の元恋人である剣崎莉子(けんざきりこ)から聞いた内容だった。

「ちょ、ちょっとお待ちくださいっ」

面談ブースを飛び出してオフィスへ飛んでいった。来栖のデスクは空だった。広沢が「来栖なら社長と秘密会議してるよ」と会議室を指さす。

「そんなに焦ってどうした？」

「なんかよくわからないけど、すごく嫌な予感がします」

首を傾げる広沢に事情を説明するのはあとにして、会議室へ向かう。一面が磨りガラスになっている会議室には、確かに来栖と洋子の姿があった。

さすがにそこに飛び込んでいいものかと思い留まったところで、磨りガラス越しに来栖がこちらに気づいたのがわかった。入っていい、と手で合図される。

「来栖さんに、お客様が」

ドアを開けてそっと告げると、洋子が「えええー」と勢いよく振り返った。

「今、大事な話の最中なのに」

「いや、全然大事じゃないので、応対します」

杖を片手に来栖が席を立つ。「助かった」と言いたげに肩を竦めた。

「こら、逃げるんじゃない」

「お客様第一ですからね」

洋子を適当にあしらった来栖が会議室を出る。そんなに厄介な話をしていたのか、ドアをぴしゃりと片手で閉めた。

「で、来客とは？」

「……来栖さんの元同僚を名乗る、児玉さんという男性が」

はあ？　と顔を顰めた来栖が、そのまま額に手をやる。眉間に深く寄った皺から
「こっちはこっちで厄介な話だったか」というぼやきが絞り出された。

「どうして俺の昔の知り合いは求職者のふりをしてやって来るんだ」

かつて、彼の元恋人の剣崎莉子も同じように求職者としてシェパード・キャリアに来栖を訪ねてきた。そのときも彼はこんな反応をした。

それは来栖さんが連絡を断ったからじゃ……と思いつつ、千晴は黙って面談ブースに向かう彼についていった。

「うわあ、本当に来栖じゃーん！」

面談ブースに現れた来栖に、児玉は抱きつかんばかりの勢いで駆け寄った。来栖が手で制さなかったら、本当に肩を抱いていたかもしれない。

「年の瀬に何をしに来た」

無愛想な言葉も、児玉は意に介さない。

「連絡がつかなくなった同期が、元気にやってるか確認しに来たんじゃないの」

「だとしたら俺は元気にやっている。転職する気がないなら帰れ。転職する気も起きないほどの給料はもらってるだろ」

「残念」

にやりと笑った児玉は、簡単には帰ってやらないぞとばかりに椅子に腰掛ける。

「俺も辞めたよ、会社」

来栖がすーっと目を見開く。その反応が嬉しかったのか、児玉はさらに機嫌よく「ねー？　未谷さん」と千晴を見た。

「先ほど、三澄エネルギー産業の名刺をいただきました」

面談ブースのテーブルに置きっぱなしにしていた名刺を指さす。来栖はゆっくりそちらに歩み寄り、児玉の名刺を手に取って確認した。

「本当に辞めたのか」

「去年の今頃に。すぐに三澄に移ったけど」

座ったら？　と児玉が椅子を指さす。来栖は何も言わず杖を置き、腰を下ろした。ささやかなその動作に、千晴はこっそり驚いていた。てっきり来栖は「話すことなどない」と踵を返すと思ったのに。

「あ、未谷さんもどうぞ」

児玉が千晴を手招きする。恐る恐る、来栖の隣に座った。

来栖は、児玉の名刺を見つめたままだった。

「それで、転職する気もないのに転職エージェントに何のご用で？」

「つれないねえ、お互いの近状を楽しく語り合ったりしないの？」

「知るか。そっちはどうか知らんが、こっちは仕事中だ」

「あら、こっちだって仕事の一環で来たんですよ？」

いたずらっぽく笑った児玉が、テーブルに頬杖をつく。来栖の顔を、斜め下から覗き込んだ。

児玉の指が、来栖が手にした自分の名刺を指し示す。名前でも会社名でもなく、「海外事業本部」という部分を。

「うちの部署が近々、海外で大きなプロジェクトを始める」

そう言った児玉の表情から、笑みは消えていた。とても真剣な目をしていた。猛禽類が獲物を狩る瞬間を間近で見た気分だ。

「四月から動き出したいのに人手が足りなくて、社内外から急いで掻き集めてる。俺はすぐにお前の顔が浮かんだ」

児玉の目を見据えたまま、来栖は何も言わなかった。すぐに「馬鹿を言うな」と返すと思ったのに、児玉の名刺を持ったまま口を真一文字に結ぶ。

「この際、俺に一言の相談もなく消えたのは水に流すよ。お前も事故のあとにいろいろあったんだろうから。だからそろそろ心機一転、お互い、昔の野望を追いかけてみません？」

「人手不足ならうちに求人を出せ。俺が最適な人材を紹介する」

「何言ってる、これはヘッドハンティングだ。俺は来栖を引き抜きに来てる」

児玉の一言に、来栖が言葉を失ったのがわかった。つっけんどんな言葉を用意していたのに、それが喉元で霧散したのが、千晴には見えてしまった。

「いいか、来栖。俺が最初に前の会社に違和感を覚えたのは、事故のあとに本人の意志に反してお前を現場から追い出したことだ。お前が有能なのはなーんにも変わってないのに、足がちょっと不自由になっただけであの扱いだ。お前が辞めたあともあれこれ思うところがあって、三澄に転職した」

「随分とまた思い切ったことを」

「あの会社はでかすぎたんだよ。俺達が好き勝手に動くためには、あと二十年は我慢しないといけない。その頃には五十だぞ？　五十歳からやっと好き勝手に仕事ができるようになるなんて、俺はそんなの待ってられないね」

話が終わらぬうちに、来栖は彼の名刺をテーブルに置いた。その手が杖に伸びる。

「ここは転職をしたい人間が話をしに来るところだ」

席を立った来栖は、それ以上何も言うことなく面談ブースを出ていってしまう。

児玉もわざわざ追いかけることはしなかった。

「あーあ、やっぱりそう簡単にはいかないか」

まるで自分の家かのようにリラックスした様子で、児玉が椅子にだらりと背中を預ける。「あいつ、昔から頑固なところは超頑固だったもんなあ〜」と呟いたと思ったら、わざとらしく千晴に笑いかける。

「未谷さん、来栖の同僚なんですよね？」

「同僚というか、部下です」

「未谷さんから見て、あいつの反応はどうでした？　興味持ったと思います？」

来栖の細やかな心の機微を、自分が読み取れるとは到底思えなかった。

――でも。

「来栖さん、商社時代に海外で再生エネルギー開発に携わりたいと思っていたと、そう聞いたことがあります」

「へえ、あいつが部下にそんな話するんだぁ。意外だね」

正確には、最初にこのことを教えてくれたのは来栖の元恋人だったのだけれど。

「なので、少しは心が動いたんじゃないかなと思いました」

来栖が言葉を失った瞬間の顔が、奇妙なくらい目に焼きついていた。表情は普段とそう大きく変わらない、素っ気ない目で、無感情な口元で。でも、ステップを踏み外したみたいに鼓動が乱れた横顔だった。

「そうか。なら、仕事をさぼってまで来た甲斐があったかな」

勝ち誇ったような目を児玉はしていた。その目は、ゆっくりと千晴に向く。

「末谷さん、来栖のこと、説得してくれません？」

「……どうして、私が」

心臓を、冷たい手で握り締められた感覚がした。発した声まで強ばっていた。

「あいつが一度捨てちまった野望というか、夢のためですよ」

それじゃあ、よろしくお願いします。最後だけ嫌に丁寧に言って、児玉は帰っていった。

◇　◇　◇

面談にやって来た滝藤航平という三十五歳の求職者は、東京西部に広く支店を構える地方銀行に勤めていた。安定した銀行員という立場を捨ててまで転職したい業界は——。

「映画業界、ですか」

千晴の言葉に、滝藤は大きく頷いた。いかにも銀行員らしい、真面目そうな風貌だった。黒縁眼鏡に、前髪はこざっぱりと短く、清潔感がある。

「ただ、こうして面談に来たのはいいのですが、正直まだ迷ってもいます」

「ちなみに、映画業界にご興味があるのはどういう理由からですか？」

手元のノートPCで、滝藤のプロフィールをチェックする。趣味の欄には映画鑑賞とあった。

「大学時代に映画サークルで自主映画を撮ってたんです。実は卒業後も映画業界で働こうと思ってたんですが……」

「が？」

「両親と、あと当時付き合っていた彼女に『頼むから、ちゃんとした会社に就職してくれ』と言われて、とりあえず銀行に」

「その銀行に、かれこれ十二年勤務しているということですよね」

滝藤の職務経歴書には、現在の銀行での業務内容しか記入されていない。

「ちなみに、大学を卒業してからも映画制作を？」

「はい、社会人映画サークルというのを学生時代の仲間と立ち上げて、休みの日に撮ってました」

ただ……。呟いた滝藤は、しょぼしょぼと音が聞こえそうな肩の竦め方をする。

「二十代の頃は夢や野望に燃えていた同級生も、三十を過ぎると突然我に返るというか、自分の人生を真面目に考え始めるというか……結婚したり子供が生まれたりもするし、一人また一人とサークルを抜けまして、二年前に解散となりました」

「なるほど、確かにそういう年齢でもありますよね、三十歳って」

自分はまだ二十七歳のくせに知ったような口をきいてしまう。ただ、滝藤が言いたいことはぼんやりとわかる。千晴にもそろそろ二十代の終わりが見えてきた。社会人として右往左往して、自分にできること、できないこと、好きなこと、嫌いなこと、それらを掻き集めるように仕事をしてきた二十代が終わり、集めたものを糧にもう一段階大人にならなければいけないときが迫っている。

「もしかして、サークルの解散が転職を考えるきっかけに？」

何気なく聞いたつもりが、滝藤は顔をくしゃくしゃに歪めて「いや、違うんです～」と首を左右に振った。

「聞いてくださいよぉ……就職しろって散々言ってきた彼女に、映画を作らなくなった途端に『あなたはつまらなくなった』って振られたんですよぉ」

どんな相槌が正解なのかわからず、千晴はただ大袈裟に「ああっ……」とだけ返した。

「正直、銀行の仕事は面白くありません。安定してて彼女が喜ぶから選んだ職場ですもん。それでも二十代の頃はがむしゃらに仕事できたんです。でも、三十を超えたらできなくなりました」

彼女と別れた今の唯一の楽しみは、週末に映画を観まくること。今更自分が映画監督になれるとは思わないが、日に日に「少しでも映画に関わる仕事がしたい」と思うようになった。でも、銀行員という今の立場がどれほど恵まれたものかもよくわかっている。だから、踏ん切りがつかない。

体をくねくねと左右に揺らしながら、滝藤はそう話してくれた。

「だから、踏ん切りがつくかもしれないと思って、シェパード・キャリアに登録したんです」

「そして、まだ踏ん切りがついてないんですね」

「はい、すみません……優柔不断な男ですみません……」

千晴は慌ててPCで求人データベースを確認した。映画関係の求人はそう多くはないが、なくはない。

「転職は、特に初めての方にとっては大イベントですから、決めかねるのも当然です。試しに求人を紹介しますので、それを見て改めて考える、というのはどうでしょう？」

「そんなお試しみたいなことしていいんですか？」

「ええ、最終的に転職するのをやめる方も多いですから、あまりにお気になさらないでください」

本当なら、ここで滝藤を焚きつけ、煽って、転職を決意させるのが会社の利益に貢献するCAなのかもしれない。真反対のやり方を千晴に教えたのは来栖だった。

　CAとしての自分の仕事に来栖の教えが潜んでいることを、気持ち悪いくらいいちいち実感するようになったのは、一週間前に児玉が会社に訪れた日からだった。

「ただ、一つ注意していただきたいことがあります。お節介かもしれませんが、別れてしまった恋人に対する当てつけや未練で転職しようとしているのではないか？ということだけ、しっかり自問自答してみてください」

「うわああ、未谷さん、なんて痛いところを突いてくるんですかっ」

オーバーな仕草で胸を押さえた滝藤に、ああ、確かに映画や芝居が好きな人なのだろうなと納得した。

「すみません、本当にお節介だと思うんですが、先ほどから滝藤さんのお話を聞いていたら、どうしても心配になってしまって」

「わかってます、そうなんです、僕も実はこの転職は当てつけなんじゃないかって……うう っ」

　映画を作っていたと言っていたし、滝藤は監督なり脚本を書いたりしていたのだろう。とても俳優には見えない大根役者ぶりだった。

「あと、本当に映画業界に転職しようとした場合、いろんな不安に襲われると思います。十年以上銀行員として働いてきた時間が無駄になるんじゃないか？　とか、同世代は夢に一区切りつけて安定した生活を送り始めているのに、自分は今から転職なんてして大丈夫なのか？　とか」

滝藤が考え悩む時間を奪わないように、でも、悩みすぎないように、先にヒントを渡しておく。これが彼の決断に役立つかどうかわからないけれど、とにもかくにも自分が彼だったらぶつかりそうな悩みを想像した。

「映画に関わる仕事と映画を作る仕事は、近いようで全然違うと思います。作りたいと思っているのに配給会社や映画館の運営会社に就職しても、『やっぱり作り手になりたかった』と後悔するかもしれません」

「確かに、そうなってしまったら今と状況は変わらないですよね……」

「はい。なので、いくつか段階を分けて考えてみていただきたいんです。本当に銀行を辞めて映画に関わる仕事がしたいのか。学生時代に目指したような映画を作る人間になりたいのか。映画に関わる仕事なら制作でなくてもいいのか」

若い頃の夢に再びチャレンジするのは、とても清々しく美しいかもしれない。千晴が滝藤の友人だったら、そう背中を押したかもしれない。

でも、ここは転職エージェントだから。その人の明日、一ヶ月後、一年後、十年後、その先の生活に直結する決断を下す場所だ。夢を再び追うことだけが、人生の正解ではない。何より、決断をするのは求職者自身だ。

「わかりました」

しばらく俯いて考え込んでいた滝藤が顔を上げる。ふにゃふにゃしていた背筋が、すーっと軽やかに伸びた。

「ちょっと、久々に映画を撮ってみます」

両手で握り拳を作った滝藤が、自分の胸に深く刻みつけるみたいに、深く頷く。

「サークルが解散してから丸二年、作ってなかったんで。一回作ったらそれで気持ちが満たされて、銀行で働き続けようと思うかもしれないし、やっぱり作り手になりたいと思うかもしれないし。まずは年末年始の休みに脚本を書きます」

滝藤の目は「これは行ける」と言っていた。自分のことは自分が一番わかっている。そんな確信が瞬きに合わせてきらめいた。

「そうですね。滝藤さんなりに、どうすれば自分の本音が見えるのか、試行錯誤していただくのがいいと思います」

転職には、自分の本音が必要。どんな仕事がしたいのか、どんな人生を歩みたいのか、何がしたくて、何をしたくないのか。本音は自分にすら見えていないことがある。だから自分の本音を見つける作業を――悩む作業をする。

これもまた、来栖が千晴に教えたことだった。彼は、悩むことを放棄する人を許さないから。

意気込む滝藤をエントランスで見送りながら、自分が発した「本音」という単語が頭から消えなかった。

オフィスに戻ると、来栖のデスクは空だった。会議室の明かりがついている。どうやら、また洋子と秘密の会議をしているらしい。

「社長と来栖、今週やたら会議してない？」

千晴が会議室を凝視(ぎょうし)しているのに気づいたのか、広沢がPCから顔を上げた。

「そう、ですね」

先週、児玉がシェパード・キャリアを訪ねてから、やたらと二人だけの会議を見るようになった気がする……いや、その前からしていたような、いなかったような。何度もやっているということは、結論が出ず揉(も)めているということだろうか。

「転職の魔王様、ついに独立か？」

冗談めかして言った広沢に、千晴はギョッと目を見開いた。周囲の社員達が「え、サタン・エージェンシー創立？」「シェパードとサタンじゃうちに勝ち目ないじゃん」と笑いながら話すのを、ジョークとして受け取れない。

「転職の相談だったりして」

あははっと笑いながら天間が呟いて、広沢が「まさかぁ」と笑う。

「絶対にアレだよ、『魔王が転職しちゃうかも！』って私達が勝手に大騒ぎしてたら、実は社員旅行の計画を立ててただけでした〜ってオチのやつ。連ドラの最終回で『なんだよも〜！』ってなるやつ」

「なるほど、北海道に行きたい魔王様と沖縄に行きたい社長が揉めているだけの可能性がありますね」

一体何が面白いのか、広沢と天間はげらげらと笑い合う。この人達ってこんなに能天気だったっけ？　と千晴は後退った。

わかっている。何も知らなかったら千晴もここで「私は沖縄がいいな〜」なんて気持ちよく冗談に交じった。来栖にヘッドハンティングが来ているなんて、千晴以外知らないし、誰も想像すらしていない。

「それで、来栖さんは北海道派なんですか？　沖縄派なんですか？」

試しに聞いてみたら、来栖は案の定「は？　なんのこと？」と返してきた。

「どっちも嫌だよ。移動に時間がかかるから」

「ですよね」

忘れてください、と一言添えて、千晴は運ばれてきた焼餃子にかぶりついた。肉汁は熱かったが、味は申し分ない。だって今日の店は千晴が選んだのだから。

焼餃子に海鮮餃子に、中身がわからない日替わり餃子。日替わりは皮がうっすら緑色で、まさか千晴も来栖も苦手なパクチーではないかと疑ったが、幸いにもほうれん草餃子だった。

素知らぬ顔で適当な店に入ろうとした来栖を引っぱってこの店に入ったのは、こういう状況ならせめて美味しいものを食べながら話を聞きたかったからだ。

仕事終わりに他でもない彼から「人生相談にのってくれない？」と声をかけられたら、尚のことだ。

あの来栖から、転職の魔王様からの人生相談なのだ。しかも商社時代の同期からこの男はヘッドハンティングを受けた直後なのだ。嫌な予感しかしない。

「それで、人生相談とは」

「詳細は言えないんだけど」

そう断りを入れて、来栖は話し出した。テーブルに並ぶ餃子にも、手元の烏龍茶にも手をつけない。割られてすらいない割り箸が心細そうに取り皿に置かれている。

「やるかやらないか、正確には行くか行かないかで迷っている案件がある。行ったら行ったでやり甲斐はあるだろうが、少々骨が折れる選択だ。行かないのは楽ではあるが、果たしてそれでいいのかという思いもある」

「いや、なんですか。その思わせぶりな言い方」

本当に、含みがあるにもほどがある。箸を置き、千晴は来栖の目を見た。どれほど探りを入れても、彼の真意はわからない。

「それって、児玉さんは関係あるんですか」

「詳細は言えない」

　これは絶対に言わないつもりだな。大袈裟に溜め息をつき、千晴は質問を変えた。

「どうして私に人生相談するんですか」

「俺の人生なんだから、誰に相談をしようと俺の自由だろ」

　児玉の一件は、社内では千晴しか知らない。だから千晴にしか相談できない。まさかそんな理由なのだろうか。

　本当に、お願いだから、勘弁してほしい。

「じゃあ、俺が求職者だったとして、未谷さんはCAとしてどんなふうに俺の相談にのる？」

　千晴が困っているのを見透かして、わざわざ「CAとして」なんて言ってきた。

　この人は本当に性格が悪い。そう言われたら、応えないわけにはいかない。

「CAは、求職者が本音を話してくれないと何もアドバイスできませんよ」

「本人にすら見えてない本音を探り当てるのもCAの仕事だと、俺は未谷さんに教えたつもりだけど」

「教わりましたけど」

この人はきっと、とうに自分の本音が見えているはずだ。ならどうして、千晴に聞くのか。答えなんて容易く自分で出せるくせに。

「来栖さん、私のこと試してます？　私が来栖さん相手にちゃんとアドバイスできるか、実地試験してます？」

「まあ、そんなところかな」

にやりと笑った彼は、やっと箸を手に取った。焼餃子を口にして、普通に美味しいことに興ざめした様子だった。この店に一緒に来るのは二度目だから、ここが不味くないことはよく知っているだろうに。

初めてこの店に来たのは、千晴が見習いCAになりたての頃だ。あのときは……転職先の評判や口コミばかり気にする求職者に、彼はたいそうご立腹だった。

「じゃあ、CAとして率直にお聞きしますけど」

怖いくらい喉が渇いた。烏龍茶を喉に流し込んで、咳払いをする。

「来栖さん、今三十三歳ですよね」

「ええ、そうですよ」

「三十四歳、三十五歳、もっと先の四十歳、五十歳、どうなりたいんですか」

自分の上司である来栖にそんな質問をするのは、とても滑稽だった。

「俺は休日もずっと仕事絡みの何かをしているから、歳を取っても人生の優先順位の一位は仕事だろうね」

来栖はプライベートの姿が想像できないと、いつだったか広沢が言っていたのを思い出した。

「来栖さんって、休みの日は何してるんですか」

「いつどんな求職者が来てもいいように業界ニュースや産業新聞を一通りチェックして、本屋のビジネス書や人文、新書のコーナーでその週の新刊を買って、それを読んでいるうちに休日が終わる。最近はビジネス系の動画に影響を受けて転職を決めたって求職者も多いから、BGMはその手の動画」

「怖いくらい仕事絡みのことしかしてないですね」

歳を取っても人生の優先順位の一位は仕事。確かに、この人はそうなのだろう。それがストレスにならず、楽しいと思える人間なのだ。商社にいた頃は、ここまで頑なではなかったかもしれないが、似たような毎日を過ごしていたのだろう。

「だから、どこで何をするにしても、生活はそう大きく変わらないと思うよ」

「ということは、尚更どこで何をするかが大事ということですよね？」

言いながら、まどろっこしさに腹が立ってきた。大振りな海鮮餃子を口に詰め込んで、思いきって聞くことにする。

「先週、児玉さんと会って、昔みたいに海外でエネルギー開発の仕事をしたいって思いました？」

「それは一度捨てた野望だよ」

きっぱりと答えた彼の目を、千晴はじっと見据えた。その「一度捨てた野望」が目の前に降ってきたんじゃないですか、とは言えなかった。

決して、児玉に言われるがまま来栖を説得したいわけじゃない。だが、これはCAである自分に対する来栖からの人生相談だから――CAは求職者の本音を掬い上げなければならない。

「児玉さんが来栖さんの連絡先を教えてくれとしつこいんですけど」

「なんで児玉に連絡先を教えたんだよ」

「名刺交換したんだから仕方ないじゃないですか。私が断っても児玉さんは諦めそうにないし、来栖さんの連絡先を教えてもいいですか。直接話してくださいよ」

滝藤がもう一度映画を作るように、これが来栖の中で何かを鮮明にするだろうか。

「来栖さんがどんな選択に悩んでいるのか知りませんけど、児玉さんが現れたのはいいタイミングだったんじゃないでしょうか。昔のことや今の気持ちを整理して、これからどうしていきたいかを考える節目だってことですよ」

ＣＡである未谷千晴のすぐ隣に、憂鬱な顔をした別の自分がいる。今すぐ来栖に摑みかかって「転職するんですか？　しないんですか？」と問いただしたい自分。そして恐らく二言目には「しないでください」と頼み込んでしまう自分が。恨めしそうにこちらを見るもう一人の自分を、千晴は烏龍茶を一気飲みして腹の底に押し込んだ。

「なので、とりあえず児玉さんと直接やり取りしてください。来栖さんのアドレス、教えますから」

「元同僚のために部下に余計な手間をかけさせるのも悪いから、そうするよ」

ああ、断らなかった。本当に嫌なら、興味がないなら、拒否すると思ったのに。

来栖はそこから話を変えた。天間がついに来栖と昼食を食べに行くのを避けるようになったという、信じられないくらいどうでもいい内容だった。

先月、天間は初めて来栖とランチに行き、帰って来るなり「とても不味い店に連れて行かれた……僕はこんなに嫌われていたのか」と震えていた。その姿が面白かったのか知らないが、来栖はその後も数回彼を伴って昼休憩に出た。天間はそのたび意気消沈していた。見かねた広沢あたりが、天間に来栖の店選びのセンスのなさを教えたのだろう。

そんなことはどうだっていいんですよ。転職するんですか、しないんですか。そんな問いかけが喉まで出かかって、千晴はそのたびに餃子と烏龍茶で押し戻した。

翌日、児玉に来栖の連絡先を教えた。「来栖のこと、説得してくれました？」としつこかった児玉からの連絡は途絶え、来栖とどんな話をしているのかもわからないまま、シェパード・キャリアは年末年始の休暇に入った。

来栖 嵐

正月に関東近郊の温泉地に行くのは、この家のしきたりのようなものだ。旅館のほのかに甘い畳の香りを嗅ぎながら、来栖はしみじみとそう考えていた。

「あ、お父さん出すの忘れてた」

二人分のお茶を淹れ、お茶菓子として部屋に用意されていた温泉饅頭の包みを開いた母は、慌てて旅行鞄から古びた写真立てを出してテーブルに置いた。

「はい、お父さん、今年も箱根ですよ。去年泊まったお宿がとても素敵だったから、二年連続で来ちゃった」

年々白髪が増えてきた母が、不思議と歳の割には若々しく見えた。西立川の実家で一人暮らしをする母だが、今日は友達とお茶に行くとか、明日はパン教室があるとか、明後日は地域の何とかクラブの催しがあるとか、一人の老後を満喫していた。通勤時間がわずらわしいからと家を出てしまった息子に、「寂しいから帰ってきて」と言う気配すらない。

「ちらちら雪が降ってますね。駅伝が終わってからでよかった」

母が写真立てを窓に向ける。来栖が大学生の頃に五十代で病死した父が、写真の中で微笑んでいた。一人息子とよく似ている。俺は五十代になったらこういう老け方をするのかと感心するくらいに。

年に一度の旅行に、母は必ず父の写真を持参する。父のいない家族旅行が始まった当初は、そのうち持ってこなくなると思っていた。こうしてよく出し忘れるし、去年なんて帰りがけに旅館に置いていきそうになった。それでも持ってくる。むしろ、ないと自分も母も落ち着かない。

「ねえ、あんた仕事のことで悩んでるね」

「どうしたの、突然」

口をつけようとした湯飲みを、そっとテーブルに戻す。

「仕事が片付かないまま旅行に来ちゃったときのお父さんと、同じ顔なんだもの」

そんなところまで似てるのか。まいったなと来栖はこめかみを掻いた。

生前、父は商社に勤めていた。海外赴任が多かったから、父が短い休暇を駆使して帰国すると近場の温泉地に行くことが多かった。その影響で未だに母子二人旅は関東近郊の温泉地ばかりだ。もっと遠出しようかという話をしたこともあったが、来栖が事故に遭ってからはそれもなくなった。

「趣味＝仕事の一人息子が、年に一度の仕事を忘れるための旅行で仕事のことを考えているということは、あんた本人に関わることなんだね」

「なるほど、すべてお見通しだ」

「まさか転職？」

「そんな感じだね」

ふと、クリスマスの頃に読んだ新聞記事を思い出した。父がかつて勤めていた商社が、アフリカでのエネルギー開発事業からの撤退を発表したという。

父はまさに、その部署にいた。とにもかくにも日本にいない人だった。常に地球の裏側にいた。子供ながら、その姿にたいそう憧れていたことを思い出す。寂しさを塗りつぶしても余りある憧れだった。

児玉が勤める三澄エネルギー産業は、父の会社が手を引いた場所へ進出しようとしていた。年末に彼が嬉々として送りつけてきた資料に、確かにそう書いてあった。

「ただ、俺の一存じゃあ、どうにもならないことがいろいろあってね」

「好きにしたらいいよ」

まただ。来栖が商社を辞めるとき、シェパード・キャリアに行くと決めたとき、母は同じように言った。

「お母さん、保護犬を今度もらってこようと思っててね。猫でもいいし、何なら鳥でも馬でもいいんだけど、相棒を迎え入れて、さらに毎日楽しく過ごす予定なの」

「息子がどこで何をしていようと構いませんか」

「ええ、生きてれば何でもいいわ」

父が死んでから、来栖が事故に遭ってから、それはこの家の家訓のようになっている。

テーブルに置いていたスマホから通知音がした。旅館に着いてこれで三度目、道中の特急の中も含めると、今日だけで、かれこれ六度目の児玉からのメッセージだ。

「ちょっと電話してくる」

スマホを手に、来栖は縁側に出た。本館からだいぶ距離のある離れには、立派な中庭までついていた。乳白色の空の下、さらに白い粉雪が風にのって飛んできた。

二の腕のあたりに冷気が染み入ってくる。吐き出した息はもっと白かった。溜め息をつくと、さらに白くなる。来栖は仏頂面でかつての同僚に電話をかけた。

未谷千晴

「僕、やっぱり転職したいです」

年明け早々に面談にやって来た滝藤は、先月の優柔不断ぶりが嘘のように歯切れよく言い切った。千晴は面談ブースの椅子に腰掛けてすらいなかった。

「試しに映画を撮ってみるというのは、どうなったんですか？」

椅子にきちんと座って姿勢を正し、滝藤に聞く。彼は「全然作れませんでした」と思いきり首を左右に振る。

「自分でもびっくりしたんですけど、いざ脚本を書こうにも、何も出てこないんです。どうやら僕はすっかり〈作る人間〉ではなくなってしまったみたいです」

ならば、このまま銀行員として勤め続けた方がいい。両親に心配もかけないし、変に揉めることもない。結婚して家庭を持つかもしれないことを考えれば、尚のこと転職しないのが正解だ。

ハキハキと話す滝藤に、千晴はか細い相槌を挟みながら首を傾げるのを堪えた。この話が、冒頭の「やっぱり転職したいです」にどうつながるのか。

「そんなこんなで年末年始を過ごし、八割くらい『転職はやめよう』と思いながら仕事始めを迎えたんです」

　そしたらですね……。滝藤が千晴の方にぐっと身を乗り出す。

「うちの銀行で年明け早々、まさかの人員削減の話が出ました。人員と業務のスリム化を図るだ何だとそれらしい言葉を並べて、三年間で従業員数の四分の一を削減するそうです。退職勧奨はもちろん、希望退職の募集もするそうです」

　退職勧奨とは、つまりリストラだ。肩を叩かれる前に早期退職を選ぶ従業員がいることも見越しての、希望退職の募集だろう。滝藤の勤める銀行の規模からいっても、四分の一の削減は大事件のはずだ。

「まさか、滝藤さんにも退職勧奨が？」

「いえ、さすがにまだそれはないです。ただ、同僚達はみんな戦々恐々ですよ」

　なのに、滝藤は笑顔だった。それもとびきり好戦的な。

「僕ね、この話を聞いて『やったあ！』って思ったんです。周りのみんなが『クビになったらどうしよう』『家や車のローンが残ってるのに』『子供がまだ小さくて、これからお金がかかるのに』って自分の心配をする中、いっそ僕に退職勧奨が言い渡されないかなって考えてました。リストラされれば迷う理由がなくなって、このまま映画業界に突き進めちゃうのになって」

　滝藤の言葉に、千晴はゆっくり頷いた。頷いて、彼の次の言葉を待った。

彼自身すらも摑みかねていた本音が、今、彼の喉から飛び出そうとしている。

「銀行をクビになるかもって思って、やっと自分の本当の気持ちがわかったんですよ。今更僕が映画監督になれるとは思わないけど、それでも、大好きな映画に関わる仕事がしたいです」

なので、未谷さんがこの前見せてくれた求人の中から、第一希望を選んできました！　バタバタと鞄を開け、滝藤が自分でプリントアウトした求人票をテーブルの上にバンと置く。大きな音が面談ブースに鳴り響いた。気持ちのいい音だった。

その音を耳の奥でじっくりと堪能（たんのう）してから、千晴は頷いた。

「わかりました。滝藤さんの転職、全力でサポートさせていただきますね」


年末だろうと年明けだろうと、転職を考える人間に季節など関係ない。平日の面談は午後八時までなのだが、最後の一人と話が長引いてしまい、千晴が面談をすべて終えたのは八時半だった。

オフィスにはまだ数人の社員が残っている。広沢と天間も事務作業を片付けていた。急ぎの仕事ではないのだが、千晴も求職者へのメール連絡を済ませ、社内選考用の書類をまとめながら時間を潰（つぶ）した。

会議室には明かりがついていた。まただ。また、洋子と来栖が何やら秘密の会議をしている。年末から数えると、一体何度目だろう。

正月休み中に、洋子が千晴の家に遊びに来た。お雑煮(ぞうに)を食べながらさり気なく何の話をしているのか聞いたのに、「駄目、秘密だよ」と突っぱねられた。

「未谷、まだ帰らないの？」

天間が先に帰宅し、広沢も鞄を持って席を立った。もうオフィスで仕事をしているのは千晴だけだった。

「社長とご飯に行く約束なんです」

「あ、なるほど。ならよかった」

お疲れさま～と手を振りながら広沢が帰っていく。途端にオフィスは静まりかえった。会議室の声は、さすがに聞こえてこない。

千晴がPCのキーボードを叩く音だけが響く中、会議室のドアが開いたのはそれから三十分ほどたってからだった。九時を過ぎていた。

「千晴、まだ残業してたの？」

オフィスの一番奥にある社長席ですぐさま帰り支度(じたく)を始めた洋子が、愛用のキャリーバッグにタピオカを入れようとする。しかし、洋子のデスクで丸くなっていた彼女は一歩も動こうとしない。

「最後の面談が長引いちゃったから」

ペット用のキャリーバッグの蓋を閉めた洋子は、タピオカに「そう、じゃあ今日はこっちにお泊まりね」と微笑んだ。タピオカがオフィスを出たがらないとき、洋子は無理に連れ帰らないのだ。洋子の言葉を理解しているのか、タピオカは社長席の後ろにある寝床に優雅に移動した。

「じゃあ、ご飯食べて帰る？　タピオカは帰らないっていうから」

「いや、いいよ。来栖さんに報告したいことがあるから」

会議室の電気を消して、ちょっと疲れた様子の来栖が出てくる。杖を突く音が、心なしかうんざりしていた。

「そう、じゃあ、あんまり遅くなりすぎないように」

来栖とは反対に洋子は元気そうだった。最後にタピオカをひと撫でして、オフィスを出ていく。エントランスの扉が閉まる音と、来栖がデスクの椅子を引く音が重なった。

「報告とは？」

「すいません、報告というのは嘘です。どちらかというと進捗確認です」

人生相談の。

そうつけ足すと、来栖は「ああ、なるほど」と浅く浅く微笑んだ。

「児玉さんとは直接話したんですか」

「人が箱根で温泉に入ってるときまで連絡を寄こしたからな」

そういえば、来栖の年始の土産は今年も箱根の温泉饅頭だった。

「行くか行かないかの結論は出たんですか」

「結論が出てたら、社長と遅くまで話し込んだりしないだろ」

会議をしていた分の仕事が溜まっているのか、来栖はPCを睨みつけながら少しだけ顔を顰めた。

「私が今担当してる求職者で、長年の夢だった映画業界に進むか、銀行員として働き続けるか悩んでいた人がいまして」

「ああ、滝藤航平ね」

そうだった。この人は自分のチームのCAが担当している求職者の情報まで、綺麗に把握しているんだった。

「その滝藤さんが、転職しない方に傾きかけていたタイミングで、職場で人員削減が始まったみたいで。それを知って、自分がリストラされればいいのに、そうすれば迷う理由がなくなって転職できるのに、と思ったらしいんです」

「現状維持か転職かで迷って、現状維持が無理かもしれないと思った途端、自分は現状維持より転職を求めていることに気づいたってことか」

「はい、映画関係の仕事にぜひ転職したいということで、転職活動を始めることになりました」

「なるほど」

千晴の話を聞きながら忙しなくキーボードの上を動いていた来栖の手が止まる。

「『二者択一で迷ったらコインを投げよ。決断を代わりにしてくれるからではなく、コインを投げる短い間にどちらがよかったか知る効果があるからだ』という言葉があるけど、まさにそういう体験をしたわけだ」

コインがもし表で、「裏だったらよかったのに」と思ったら、自分は裏を望んでいる。逆もまたしかり。いざ銀行をクビになるかもしれないと思ったとき、怯えるのではなくクビになることを願った滝藤は、強制的に自分の本音と向き合った。

「じゃあ、滝藤さんの背中を押してよかったということですよね」

「悩んだ上で本人がそれを選んだんだ。なら、CAのやることは一つだろ」

「そうですよね」

床に置いた鞄に手を突っ込んで、財布の中の五百円玉を引っ摑んだ。席を立って、来栖に歩み寄る。息が苦しくなった。言葉が胸のあたりでつっかえて、道を譲り合っている。胃袋の下に力を入れ、無理矢理引っ張り出した。

「私なんかに相談してないで、来栖さんもさっさとコインを投げるべきですよ」

右手に握り締めた五百円玉を差し出す。銀色と銅色の二層になった五百円玉に照明が反射して、白く鋭く光った。椅子に腰掛けたまま千晴の手を見つめる来栖の目に、その光が差した。

「やりたいならやればいいし、やりたくないならやらなければいい。大人なんだから、自分で決断すればいいんですよ」

掌の真ん中で、五百円玉がひどく冷たく感じた。冬だから、一月だから、それだけではない気がする。

ふうん、と来栖が笑った。鼻を鳴らして、小さく肩を揺らす。

「じゃあ、思ったようにさせてもらおうか」

あっさりと五百円玉を手に取った彼は、「じゃあ、表だったら行く。裏だったら行かない」と歌うように呟いて、コインを親指で弾いた。え、もう？　ちょっと待って。言い出しっぺのくせに、千晴は頬を引き攣らせた。

ぴん、と鈴のような音がした。とても澄んだ音だった。弾かれたコインは千晴の目線と同じ高さまで舞い上がった。

五百円玉は、桐の花の図柄が入っている面が表で、500と数字が書いてある面が裏。自分に言い聞かせながら、そのコインを目の前で奪い取ってしまいたい衝動に駆られる。

それでも、五百円玉は綺麗に来栖の左の手の甲に落ちた。すぐに来栖が右手を重ねる。躊躇うことも、もったいつけることもなく、右の掌をどける。

「表だ」

来栖の手の甲では、桐の花が光っていた。

コインの表裏に従うわけではない。その結果を前にした自分の胸の内と向き合う。わかっているのに、来栖の「表だったら行く」という言葉が耳から離れない。

「なるほど、そうなりますか」

来栖が五百円玉を返してくる。どうして嬉しそうなのか。初対面の求職者相手にくすりともしないくせに、今、どうして笑っているのか。

さっきまであんなに冷たかったのに、五百円玉は振り払いたくなるほど温かい。

「どうするんですか？」

「せっかくだから、自分の本音を一晩じっくり噛み締めることにするよ」

ああ、はぐらかされた。そのことに堪らなく失望している自分がいた。

「もう帰りなよ。君をあんまり残業させると、俺が社長に怒られる」

そう言われたら帰るしかない。来栖はまだ仕事をするつもりなのか、ＰＣに向き直ってしまった。何事もなかったかのように、無表情にキーボードを叩き始める。

カタカタ、カタカタ。無機質な音は、間違いなく千晴を追い出そうとしていた。

「お疲れさまでした」

鞄を手に、逃げるようにオフィスを出た。エレベーターには誰も乗っておらず、ビルのエントランスも閑散としている。

でも、一歩外に出ると西新宿は賑やかだった。道行く人はみんなもこもこと温かそうな格好で、足取りは忙しないのにどこか華やかに感じる。飲食店が並ぶ通りに差し掛かると、飲み会終わりの会社員達がぞろぞろと出てきて歩道を塞がれた。

その中の一人が「あ、電車止まってるって」と叫ぶ。千晴はスマホで路線情報を確認した。通勤に使っている路線で車両故障があり、遅延が発生しているという。

よかった。電車が動いていない。真っ直ぐ帰る理由がなくなった。これが、自分にとってのコイントスだった。

団体客はすでに新宿駅へ向かって歩き出している。構わず千晴は来た道を戻った。閑散としたビルのエントランスを抜け、無人のエレベーターでシェパード・キャリアのある十二階へ向かう。

エレベーターを降りると、エントランスは真っ暗だった。扉も施錠されていた。来栖もすぐに帰ってしまったのだろうかと思ったが、ものの数分で引き返してきたのに、道中で彼と鉢合わせなかった。

鞄からセキュリティーカードを出し、ドア横の操作盤にかざす。ガチャンと素っ気ない音がして鍵が開く。

面談ブースもオフィスも電気は消えている。窓から西新宿のビル群の明かりが差し込むので、ぼんやりと明るい。

来栖は、そんな夜景の明るい窓際にいた。わざわざ自分のデスクから移動したのか、椅子に腰掛け、窓の外を見ている。膝に何やら白いものを抱えていると思ったら、タピオカが白い体を丸くしていた。

「なに、忘れものでもした？」

こちらを見たと思ったら、彼は再び外に目をやってしまう。西新宿の夜景なんて見飽きているだろうに。

「帰らないんですか？」

「帰るのが面倒になったから。それにね、仕事について考えごとがあるときは、会社の方が捗るんだよ」

家でも仕事絡みのことしかしないくせに。普段と打って変わってだらしなく背もたれに体を預け、両足を床に投げ出した来栖に、千晴は胸の奥で毒づいた。

「どこで寝るんですか？」

「応接室のソファ」

「来栖さん、結構泊まり込んでるでしょう」

来栖は鼻で笑うばかりで明言はしなかったが、この様子だとそれなりの回数は泊まり込んでいるはずだ。

「もしかして、タピオカが叔母さんと一緒に帰らなかったのって」

「こいつは本当に賢いよ。俺が帰らない気配を察知するんだから」

来栖の手がタピオカの背を撫でる。顔を上げた彼女は白い耳をピンと動かし、千晴を一瞥した。

「タピオカ、どうして来栖さんにそんなに懐くんですかね。拾ったの、私なのに」

大学時代、キャンパスで彼女を拾ったときから素っ気ない態度だったが、シェパード・キャリアに来て二年近くたつのに、一向に千晴に甘えてくることはない。

「そりゃあ、同志だからね」

「同志？」

「似たもの同士でもあるな。シェパード・キャリアに来たのも同じ頃だし」

来栖の言葉尻が、雪が溶けるみたいに小さくなって消える。タピオカを撫でる手が動きを止めた。

向かいに建つビルの明かりが、立て続けに何フロアか消えた。来栖の鼻筋に差していた黄みがかった光が、弾けてなくなる。

「ねえ未谷さん、タピオカを社長に預けた日のことを覚えてる？」

確か、大学三年の夏だっただろうか。就活の本格スタートを半年後に控え、インターンシップに忙しかった頃だ。大学のキャンパスの外れに捨てられていた五匹の猫の引き取り手を、ゼミの同級生と一緒に探した。

仏頂面で愛想の悪いタピオカだけが残ってしまったのだが、洋子がもらってくれると言うからシェパード・キャリアに連れていった。

インターンシップだか就活イベントだかがあった日だったから、リクルートスーツを着ていった。三十度を超える暑い日で、真っ黒な長袖のジャケットが暑くて堪らなかったのを覚えている。

おぼろげな記憶を頼りに話す千晴に、来栖は何も言わなかった。

「タピオカは変わらず素っ気ない対応だったんですけど、叔母が意外とそれを気に入ってくれて、引き取ってもらえることになったんです」

それが何か？　問いかけた千晴に、来栖がついに声を上げて笑った。喉の奥から絞り出すような笑い声は、徐々に忍び笑いになる。

「例えばだけど、新宿駅の地下から地上に出る階段で、杖をついた仏頂面の愛想の悪い男を助けたことはなかった？」

来栖はこちらを見なかった。見なかったからこそ、彼の質問が瞬(またた)く間に脳内を駆け巡(めぐ)った。

階段。地下から地上に出る階段。杖をついた男。仏頂面。愛想の悪い男。

「……いえ、覚えてません」

言った瞬間、むわっとした熱気と、前方から差し込む日差しと、暑さで自然と重くなる足取りと、顰め面の中年男性の顔を思い出した。

タピオカの入ったキャリーバッグを抱えて、新宿駅の地下から地上へ出る階段を千晴は上っていた。上り下りをする人の数が多く階段は混み合っていて、そのせいで余計に空気が籠もっていた。

電車に遅れそうなのか、中年の男性が慌ただしく階段を駆け下りてきた。歩き方が乱暴というか、周囲の人を押しのけるような進み方をするものだから、千晴はそっと道を開けた。

案の定、中年男性の肩が側を歩いていた人の肩にぶつかった。

ぶつかられたその人は杖をついていて、踊り場までの三段ほどを崩れるように転がり落ちた。杖が甲高い音を立てて千晴の足下まで飛んできた。

ぶつかった中年男性は、信じられないことに舌打ちをしながら振り返りもせず階段を下りていった。呼び止めることすら、千晴にはできなかった。

罪悪感に駆られて、倒れた男性を助けた。杖を渡して、大丈夫ですかと声をかけた……と思う。

「杖……」

ところが、相手の男性の顔が全く思い出せない。舌打ちをした中年男性の自分勝手な顰めっ面ははっきり覚えているのに、その鮮明さに押しのけられ、杖の持ち主の顔が抜け落ちている。どんな声をかけたのか、向こうが何を言ったのかも、すべて曖昧だった。

「すいません、よく覚えてないです」

あれ、あなただったんですか？　私は何て言いました？　あなたは何と言いました？　あなたは私を覚えていたんですか？　私が最初にシェパード・キャリアに来たときも？

聞きたいことはすべて、来栖の浅い笑い声に押し流されていく。

「ごめん、変なことを聞いたね」

タピオカを床に下ろして、来栖が杖を手に立ち上がる。意味もなく戻ってきた部下をさっさと追い出そう。そんな声が軽やかな動作の中に聞こえた。

取り返しのつかない失敗をしたのだと、思い知った。

「私の今の返答は、コイントスじゃないですよね？　今ので来栖さんの決断が変わったなんて、ないですよね？」

彼の今日のネクタイが臙脂色で、ネクタイピンが金色なことに気づいた。何の偶然か、千晴が初めてシェパード・キャリアで来栖の面談を受けたときと同じものだった。

どうしてそんなことは覚えているのに、あの日の彼を覚えていないのか。

床に下ろされて不満そうなタピオカが、非難がましく千晴を見上げている。まさか、この子は覚えているのだろうか。千晴がすっかり忘れてしまったあの日の来栖を覚えていて、だから彼に懐くのか。だから、千晴に対しては冷たいのか。

「コインは決断しないだろ。コインの裏表を見た自分の心の問題だ」

じゃあ、私の答えを聞いてあなたは何かを思って、これから決断するというのか。それに自分が怯えていることに気づいて、猛烈に惨めな気分になった。嘘でも覚えていると言えばよかった。そう考えてしまうのが、堪らなく情けない。

「来栖さんの考えてることが知りたくて戻ってきたんです」

その感情は喉の奥で歪につながり合って、はっきりものを言わない来栖への苛立ちに変わる。さっきまで笑いながら千晴の話を聞いていたのに、すっかり普段通りの淡泊な表情に戻っている彼に。

「コインが裏か表かなんてどうだっていいから、コインを投げた来栖さんが今どんなことを考えているのか、知りたいから戻ってきたんですよ」

来栖が千晴を見る。まるで面談で求職者を相手にするときみたいに、こちらの本音を探るような鋭い視線を投げてくる。違う、知りたいのは私の方。あの暑い夏の日の新宿駅の階段でのことを、素知らぬ顔で秘密にしてきた、あなたの胸の奥が知りたい。

「忘れてた私が偉そうに聞くのも変ですけど、どうして黙ってたんですか？　私ととっくに会ってたこと」

「別に覚えていてほしくなかったからだよ。人助けをいちいち思い出して気分よくなるような生き方をしてほしくなかった。当たり前のこととして忘れてほしかった」

当たり前のことではない。加害者を咎める勇気がなかったから、被害者を助けることで誤魔化しただけだ。

「二度目に会った君は、最悪な生き方をしてたけどね」

鼻を鳴らして千晴を嘲笑う来栖に、「じゃあ」と問いかける。

「どうして今更打ち明けたんですか」

これもコイントスの一種だとばかりに、二年越しに明かした理由は？　彼の目を睨みつけると、初めて彼は困った顔をした。唇の端、頬の一番高いところ、目尻、眉の際から、ささやかな「困ったな」という声が聞こえる。

「もう君の保護者役も卒業だろうし、いい頃合いかなと思ってしまったのかも」

でも。投げ捨てるようにそう呟いた彼の顔を見上げた。

「本当に忘れられてたら、それはそれで多少は寂しいんだから、人間っていうのは厄介なもんだよ」

いっそ、答えをはぐらかされた方がよかったのかもしれない。自分で聞いたくせに、身勝手にそんなことを思った。勝手だ。私も勝手だし、この人も勝手だ。

「気が済んだなら、早く帰りなよ」

来栖がエントランスを指さす。喋りすぎたことを後悔するような冷たい仕草だった。

それに反抗して、彼の胸元に手を伸ばした。千晴を初めて面談したときの臙脂色のネクタイを両手で摑んで、思い切り締め上げる。金のネクタイピンが外れて飛んでいき、喉を締めつけられた来栖がぐにゃりと腰を折った。

その澄ました顎に一発怒りの頭突きをお見舞いしてやろうとして、驚いて半分口を開けた来栖と一瞬だけ目が合った。どうしてかはわからない。頭突きするはずが、珍しく半開きになった来栖の間抜けな口元に、自分の唇を思い切り押し当てていた。

互いの前歯が上唇ごしにぶつかって、鈍く熱い痛みが後頭部に向かって走った。けれどすぐに、来栖が肩を突き飛ばしてくる。

「なにっ？」

千晴から距離を取り、肩で息をした彼は、らしくもなく取り乱していた。得体の知れないものを見るように一歩、二歩と後退って、千晴の手で締め上げられた臙脂のネクタイを緩める。

床に落ちたネクタイピンを拾い上げる指先から、赤い怒りが滲んで見えた。

彼の一連の行動を、千晴は呆けたまま眺めていた。来栖の背後で、タピオカが真っ白な毛を逆立てて千晴を睨んでいる。

「君は本当に、未だにそういうところがあるよね。なんでもう少し自分を大事にしないかな」

「……大事」

呟きは掠れて、とても小さかった。来栖はさらに声を険しくする。

「父親みたいなことを言わせるな。そういうことは、ちゃんとした相手と同意の上でしろ」

普段の辛辣な物言いとも違う。平坦な声色の裏で燃えるように怒っている。これほどに怒った来栖は見たことがなかった。

「あと、今の、普通にセクハラだから」

来栖 嵐

年末から数えて、洋子と二人で会議室に籠もるのは何度目か。しかも今日に限っては、来栖が自分から彼女を会議室に呼び込んだ。

「来栖から話があるなんて、珍しい」

そう言って洋子が椅子に腰掛けるのを、律儀に立ったまま待っていた。

「座らないの？」

「社長に謝らないといけないことがあるんですよ」

え？ と眉を寄せた洋子を前に、来栖は杖を両手で持ち直した。

そのまま、深々と頭を下げる。

「社長の姪っ子に手を出しました」

会議室はガラス張りで、磨りガラスとはいえオフィスからぼんやり中の様子がわかる。人が少ない夜の時間帯を選んだとはいえ、この光景を見られたらいらん噂が立ちそうだなと苦々しく思った。

「……え？」

洋子の反応は空虚だった。来栖の言葉を全く理解していない。顔を上げ、今度は彼女の目を見据えて言う。

「社長の、姪っ子に、手を出しました」

「ちょっと待ってちょっと待って、どういうこと？ 手ぇ出したってどういうこと？　グー？　パー？　それとも回し蹴りとかそういうやつかしら？」

席を立った洋子が、見たことのない早口で捲し立てながら来栖に躙り寄る。至近距離から顔を覗き込まれる。目を逸らしたらネクタイを思い切り締め上げられ、昨晩の苦い記憶が蘇った。この叔母にしてあの姪っ子ありだ。

「え？　どういうこと？　もしかして暴力とか窃盗とかの〈手を出す〉じゃなくて、そういう意味で手を出したの？」

「まあ、三択で答えろと言われれば三つ目になりますね」

ぐいっとネクタイを締め上げる手に力が込められた。「え？　三つ目って言った？」と聞いてくる洋子の目が据わっている。初めて見る顔だった。無抵抗でいたら、こちらの首が軽快に飛ぶかもしれない。

「俺が社会的に殺されそうなので正直に言いますと、手を出されたのは俺です」

「なんだって？」

「手を出されたのは俺の方だと言ってるんです」

やっとネクタイが解放された。鳩が豆鉄砲を食らったような顔で「え？」と繰り返す洋子を横目に、ネクタイを締め直す。

「千晴が、あなたに？」

「ええ、姪っ子さんが、俺に」

青くなったり赤くなったり白くなったり、次々と顔色を変える洋子に、やはり「こちらが手を出した」で押し通すべきだったかと後悔した。

「何をされたの？」

「それは言いたくありません。彼女にも聞かないでやってください。セクハラに軽(けい)重(ちょう)をつけるのはよくないでしょうが、された俺からすれば、たいしたことではありません」

たいしたことではなくても言いたくないようなことが……？　と頬を引き攣らせる洋子に、来栖は大袈裟に咳払いをした。このままでは話が進まない。

「一昨年(おととし)の春に彼女の担当CAを任されたときと、その後彼女の教育係を命じられたとき、再三社長から『手を出したら殺す』と言われていたので、けじめとしての報告です。俺は手を出された側ですけど、結果としては似たようなものですし」

　彼女にああいうことをさせたのは、こちらのはっきりしない対応のせいだという自覚はあった。何より、後々千晴の口から洋子に伝わろうものなら、それこそ一大事だ。

「でもあの子、今日一日、普通に仕事してなかった？」

「明日も何食わぬ顔で会社に来て何食わぬ顔で仕事をしろと命じて、タクシーに放り込みましたからね」

昨夜、一体彼女は何をしたかったのか。我に返った途端に目を白黒させて、パニックを起こして、ひたすら来栖に謝ってきた。「慰謝料払います」と繰り返す彼女を会社の側の大通りまで引っぱっていって、タクシーに乗せた。

「忘れてください」と言う彼女に、「嫌だよ、忘れてやらない」と吐き捨てて、タクシーのドアを閉めた。

来栖の命令通り、彼女は今朝も定時に出勤し、求職者と面談し、営業と打ち合わせをし、今も面談ブースでにこやかに面談に応じているはずだ。

「でも、それじゃあ……例の話は、どうする?」

やっと息が落ち着いたのか、胸に手をやったまま洋子が聞いてくる。

「昨夜の一件は俺と未谷さんの個人的な問題なので、今回のこととは完全に分けて考えていただきたい」

「来栖がそう言うなら、私はあの子を信じるけど」

「彼女は、俺などいなくても一人で充分やれると思いますよ」

二年近く彼女の直属の上司をしてきたのだ。向こうはしっかり独り立ちをし、こちらも保護者役を卒業する。これはいいタイミングのはずだ。

「あとは、未谷さんが受け入れるなら、ですけどね」

磨りガラスの向こうに目をやる。こちらからはオフィスの様子は詳しくはわからないが、無事今日の面談をすべて終えただろうか。

どうして、初めて会った日のことを話してしまったのか。理由を探せば、〈魔が差した〉としか言いようがなかった。

洋子との連日の会議、コイントスの結果、児玉からのヘッドハンティング、千晴が話した滝藤の転職のこと、一度帰った千晴が戻ってきたこと、自分の膝でタピオカが丸くなっていたこと。何もかもがすべて綺麗に嵌(は)まって、魔が差した。

こちらが何を決断する必要があって、どうしてコイントスが必要だったのか。その真相を知りたいと言った彼女をはぐらかしたこちらが悪いのは、間違いない。

未谷千晴

「千晴、あんたやらかしたね」

洋子に声をかけられたときから覚悟していた。しかも「今日、ご飯食べて帰ろう」ではなく「仕事が終わったらうちに来て」だったから、余計に。

洋子の暮らすマンションは、会社から歩いて十五分の、代々木(よよぎ)駅のほど近くにある。タピオカは今日もオフィスに泊まるのか、リビングに置かれた巨大なキャットタワーに彼女の姿はない。

「はい、やらかしました。言い逃れできないくらいやらかしました」

リビングに敷かれたカーペットの上に正座して、千晴は深々と頭を下げた。

「何をしたかは聞かないでやってくれとのことだから聞かないけど、何でそんなことになったの」

「それが……上手く言えないんだけれど、怒りのあまり勢いで」

洋子が怪訝な顔で「怒りのあまり勢いで……」と繰り返す。疑念はよくわかる。それにしたってあんなことするか？　と千晴自身思っている。

「来栖が大丈夫だというのでこれ以上は追及しないけど、今後は気をつけなさい」

はい、はい、と正座をしたまま何度も頭を下げた。このまま顔を上げずに消える方法はないだろうかと本気で考えた。

「というわけで、お説教は以上」

お茶を飲みなさい、と洋子が千晴の目の前に置かれた紅茶のカップを指さすから、言われた通り飲んだ。テーブルを挟んで洋子も同じようにした。

「本題はこっちなのよ」

マグカップを両手で持って、洋子は神妙な顔で千晴を見る。

「うちさ、大阪と福岡に支社があるでしょ。支社と言うにはちょっと小さいから、実際は営業所みたいな感じだけど」

「はい、あります、知ってます」

「ぼちぼち大阪支社を大きくしようと思ってたところで、欠員が出ちゃったの。千晴、大阪転勤してみる？」

大阪転勤。洋子の言葉に、最悪の想像をした。いやこの場合、本当の〈最悪〉はセクハラで懲戒免職（ちょうかいめんしょく）になることかもしれないけれど。

「え、左遷（させん）？」

「違う違う違う。今回のことがある前から、千晴を行かせたらどうだって来栖が言ってたの」

「なんで私が」

見習いCAとして一年、正式なCAとしても一年働いた。二年分の経験は確かに積んだけれど、同じくらい勉強不足と圧倒的な人生経験のなさを痛感した。一人で大阪に行って何ができるというのか。

「あんたの働きぶりを二年も側で見てた来栖が、千晴を推薦（すいせん）したの。自分の代わりに大阪に行かせるとしたら、千晴じゃないかって」

「自分の代わり？」

ちょっと待って。言いかけた千晴を、洋子が何食わぬ顔で遮（さえぎ）る。

「私は来栖を大阪に行かせたかったの。そのうち支社長をやってくれないかなと思って。去年の秋ぐらいから打診してたんだけど、なかなか首を縦に振らなくて」

繰り返し行われた二人だけの会議は、洋子の来栖説得の場だったというわけか。

いや、でも。

「来栖さん、転職するんじゃないの？」

言った瞬間、洋子が「はあ？」と身を乗り出した。その反応だけで充分だった。

「……しないの？」

「何それ、一ミリも聞いてない。だってあいつ、今の職場を気に入ってる、家から通勤しやすくて楽、今更慣れない土地で暮らすなんて勘弁っていう理由で大阪転勤を断り続けてたんだよ？　それでも私が引かないから、東京の実家に独り身の母がいるので～とか、俺がいなくなったら誰が天間さんの分まで求職者を担当するんですか～とか、あの手この手で応戦してくるし」

気がついたら正座を崩していた。椅子に腰掛けていたら、転げ落ちていたかもしれない。

「そっか、来栖さん、転職しないんだ」

「しないでしょ～。ああ見えて今の仕事を楽しんでるみたいだし」

なんだ、なんだよもう。転職しないのかよ。声にならない声が、溜め息になって溢（あふ）れていく。

そのとき、リビングの隅で集合玄関のインターホンが鳴った。洋子が「おー、来た来た」と腰を上げ、オートロックを解除する。一分とたたず、洋子が部屋のドアを開ける音と、嫌な予感がした。

「転職どうこうは知らないけど、詳しくは本人に聞いたら？」

洋子に連れられて苦い顔をした来栖が現れ、抱えていたキャリーバッグからタピオカを出してやる。大人しくキャットタワーに飛び乗った彼女の頭を撫でながら、彼は「お説教は終わったんですか？」と洋子と千晴を見た。

「終わったし、大阪の件も話したところ」

「なんだ、じゃあ俺が来る意味もなかったですね」

動けずにいる千晴を前に、コートを脱ぎながら来栖は肩を落とした。

「俺が来たのがそんなに意外か？」

来栖の分の紅茶を淹れようと、洋子がキッチンに行ってしまう。リビングには見事に千晴と彼だけになってしまった。

「社長の出張中にタピオカの世話を頼まれてたまに来るんだよ」

慣れた様子で部屋の隅に積まれたクッションを引っ張り出して、来栖は千晴の隣に腰を下ろした。「大阪の話は聞いたんだろ？」と何気ない顔で聞いてくる。

「昨夜のことは関係ないから」

「はい、叔母さんからさっき聞きました」

何とか声を絞り出した。今日、来栖とまともに会話をしていない。

「来栖さん、転職しないんですか……?」

「未谷さんは勘違いしてそうだなと思ってはいたんだよ。児玉と直接会ってるし、いらぬ心配をかけてるだろうなと」

「そりゃあそうですよ。私、児玉さんに来栖さんを説得してくれって言われたんですから」

「なに、あいつそんなことを君に頼んだの?」

眉間に深々と皺を寄せて「今度、杖で一発殴ってくるよ」と呟いた来栖は、はっきりと怒っていた。昨夜、千晴をタクシーに放り込んだときと同じ顔だ。

「児玉の誘いに驚きはした。可能性として、そういう未来は有り得るだろうかと考えもした。これは本当だ。でも、考えた上でCAを続ける方を選んだ。児玉にもはっきり断ってる。あいつも社長並みにしつこくてうんざりしたけどな」

清々しいまでに言い切った来栖に、開いた口が塞がらない。

「ということは、私に人生相談をしたのは、大阪転勤に悩んでたからなんですか?」

「『行くか行かないかで迷っている案件がある』って言ったじゃないか。それに、詳細は言えないとも前置きした。児玉の件なら、そもそも未谷さんは詳細をもう知ってるだろ」

「そう言われたらそうなんですけどぉ……！」

テーブルに顔を伏せて、右手で天板を叩いた。一回じゃ足りず、二回、三回と叩いた。

「それに、俺の代わりに推薦しようと思った社員の中に未谷さんがいたから、下手に転勤の話をするのはまずいと思ってたんだよ」

「じゃあなんで私に人生相談をするんですか」

「CAと求職者じゃないんだから、相談したい人に相談するのは俺の自由だろ」

何ですかそれ……再びテーブルに顔を伏せて、千晴は溜め息をついた。

「そんなに悩んでたんですか？」

「俺が行かなかったら他の誰かが行くんだ。その人の人生設計にも関わってくる話だし、なら俺が無理をしてでも引き受けるべきかと考えていた。独り身だし、親も好きにしろと言っているし、やることは東京と変わらないわけだし、年齢とキャリア相応の責任を果たすべきかと思った。元転職王子に偉そうに話したみたいに」

「でも、転勤は嫌だったんですね」

「昔は地球の裏側だろうと喜んで飛んで行ったんだけどな。その反動なのか、すっかり遠くに行くのも移動に時間がかかるのも嫌になったよ。会社の上がマンションだったら間違いなく住んでる」

あ、だから休暇中の旅行が全部近場なのか。今更ながら、合点がいった。

「昨夜、コインは表だったじゃないですか」

表は「行く」だった。千晴は「転職する」が出たと思ったが、来栖にとっては「大阪に行く」だったわけだ。ふふっと笑った来栖が「表だったな」と千晴を見る。

「うわ、表か、まいったな、すごく嫌だなとつくづく思った。だから転勤はきっぱり断って、未谷さんに打診してもらうことにした」

「私が一人で大阪に行っても大丈夫だって、来栖さんは思ってるんですか」

「じゃなきゃ推薦しない」

言い切った来栖に、用意していた「無理だと思う理由」が消える。というか、体の奥深くに押し戻される。

「私が行かないと言ったら、来栖さんが行くんですか？」

「他の社員にも打診はするだろうけど、誰も行かないなら最終的にはそうなるかもしれない」

来栖の答えを聞いた瞬間、耳の奥で鈴のような澄んだ音がした。昨夜、来栖がコインを親指で弾いて投げた音だ。

洋子が来栖の分の紅茶を淹れてリビングに戻ってくる。洋子に一礼してから、来栖がマグカップに口をつけた。

「叔母さん、私行くよ」

――大阪に。その言葉に引き寄せられるように、洋子と来栖が千晴を凝視する。

二人の強い視線に少しだけ肩が強ばったが、構わず「行くよ」と繰り返した。

「え、もうちょっとよく考えたら? 私、姉さんにもまだ話していないし」

戸惑う洋子をよそに、来栖は「決断が早いな」とどこか嬉しそうだった。これで自分が大阪に行く必要はなくなった――それだけが理由ではなさそうな穏(おだ)やかな笑みだった。

「多分、よく考えても一緒だと思う。もっとCAとして経験を積まないとって思ってたところだし、一人暮らしもしたことないし、いい機会だなって」

千晴が断ったら、来栖が行くかもしれない。なら私が行こう。他ならぬ彼が推薦したのだから。自分の手の甲で光るコインを想像したら、決断は揺らがなかった。

「即決してよかったの?」

洋子のマンションを出たところで、来栖が振り返らずに聞いてきた。歩調を速めて彼の隣に並び、住宅街を新宿駅へ向かう。

「親にも相談しますけど、反対されても行こうと思います」

「そう。なら、未谷さんを推薦した甲斐があったよ。昨夜のことがあったから、俺から逃げるために大阪に行くって言われたらどうしようかと思ったけど」

来栖の口調はいつも通りだったが、彼の口元から舞い上がった白い息は、少しだけ嬉しそうに揺らいで消えた。

「に、逃げはしませんよ。私がやったことだから、来栖さんには誠心誠意謝らないとって、今日はずっと思ってて――」

「悪かったよ」

千晴の言葉を奪うように、来栖の方から謝罪してきた。

「なんで来栖さんが謝るんですか」

「俺が変なこと言ったのが原因だ。忘れられたのが寂しいだなんて言った俺が悪かった」

それはつまり、アレを謝罪とか詫びとか、そういう意味で受け取っているということか。淡々と歩き続ける来栖の横顔を、千晴は見つめた。駅が近づき、徐々に周囲が明るく、賑やかになってくる。

「違いますよ、それだけの理由でしたんじゃないですよ。ちゃんとした相手と同意の上でしろって来栖さんは言いましたけど、いや、同意の上でしろというのは本当にその通りですけど……でも、ちゃんとした相手ではないですけど、何でもない人にしたつもりはありません。自分を蔑ろにしたつもりもありません」

「それ、いなくなったら仕事をする上で心細い人間っていう意味での〈何でもない人〉だろ」

「そうなんですけど、確かにそうなんですけど、それだけじゃないです。来栖さんはどうせ信じないでしょうから、それを大阪に行って証明してきます」

いなくなってほしくなかったのも、怒りも、確かにあった。けれど間違いなく、そうでない感情もあった。

「来栖さんのいないところで、一人で仕事してきます。来栖さんがいなくても大丈夫なCAになります。そのときもう一度『それだけじゃないです』と言います」

やっと来栖が足を止めたと思ったら、信号が赤になっただけだった。赤信号を睨みつける来栖の眉間が、滲むように赤く染まる。

信号が長く感じた。歩道で待つ人が徐々に増え、青になった瞬間、流れるように横断歩道を渡っていく。一拍遅れて、来栖の杖が動いた。

宣戦布告のような千晴の言葉などまるでなかったように、新宿駅へ辿り着いてしまった。路上ミュージシャンがギターを掻き鳴らす音と周囲の人の話し声が交ざり合い、隣にいるはずの来栖が妙に遠く感じる。

来栖からの返事は期待していなかった。

なのに、駅の地下へ続く階段を下り始めたとき、つい考えてしまった。この階段が自分と来栖が出会った階段なのかわからない自分に、猛烈な怒りが湧いてくる。

「あの日のこと、私がもっとちゃんと覚えていたら、来栖さんの決断は何か変わったんですか」

三歩前を行く来栖に、昨日答えを聞かせてもらえなかった問いを投げつける。手すりに触れながら階段を下りた来栖は、踊り場でゆっくりと立ち止まった。

「転勤なんてしたくないというのも、未谷さんを推薦するのも、何も変わらなかったと思うよ」

千晴を振り返った彼の視線が、踊り場の一角に向く。そのわずかな視線の揺らぎの意味を聞くことはできなかった。彼は「ああ、うん、でも」と小さく笑いながら千晴を見上げた。

踊り場に落ちる照明が、来栖の髪を白く光らせた。

「大阪支社の売上を一年で東京本社と同じにするなんて大口を叩いて、君と一緒に大阪に行くって選択肢もあったかもね」

それを聞いた千晴がそんなにひどい顔をしていたのだろうか。彼はすぐに「冗談だよ」と肩を竦めた。

「東京で待ってる」

確かにそう言って、階段を下りていく。洋子の家を出てからずっと求めていた言葉を噛み締めながら、千晴はあとに続いた。

二週間後、滝藤航平は映画イベントの開催や人材育成支援を手がける社団法人から内定を獲得した。

さらに一週間後、三澄エネルギー産業がアフリカでのエネルギー開発事業に乗り出すというニュースがあった。プロジェクトチームを代表してインタビューに答えていたのは、児玉だった。

同じ日に、千晴の大阪転勤が社内で発表された。

エピローグ

『未谷さん、ご無沙汰しております。八王子でございます——』

唐突な電話に驚きながら、千晴は駅の地下から地上に出る階段を駆け上がった。

独立から半年、八王子正道の声は変わらず元気そうだった。

「ご無沙汰です。突然どうされたんですか？」

『大阪に転勤されたと伺ったんですけど、うちの会社、関西の物件もばっちりご紹介しますよ？』

「一体誰から聞いたんですか！」

あはは、企業秘密です。笑いながらそう告げられ、階段の最後の一段に蹴躓きそうになった。

『シェパード・キャリアさんの大阪支社、確か梅田ですよね？　通勤しやすい素敵なマンション、いかがです？』

「買いませんし、そもそも買えるほど稼いでません！　まだCA三年目ですよ？」

買わないと言ったのに、八王子は始まったばかりの大阪での新生活について聞いてきた。大阪駅・梅田駅・大阪梅田駅の区別が全然つかないとか、梅田のオフィス街は新宿とそう変わらないとか。恐らくこれも、彼の今後のビジネスの材料になるのだろう。呆れながらも、不思議と微笑ましい気分だった。

四月一日は、笑ってしまうほどの青空で始まった。地下から地上に出たとき、眩しさにくしゃみが出そうになったくらいだ。

またいい物件があったら連絡するという八王子に「しばらくは買えませーん」と告げて、電話を切る。ポロン、ポロンと立て続けにメッセージが届いた。また八王子が企画書でも送ってきたのかと思ったが、広沢と天間と横山からだった。千晴が今日から大阪支社に出勤するから、激励のメッセージを送ってくれたらしい。

〈大阪支社、頑張ってねー。とりあえず昨日のタピオカを送るね〉と広沢はタピオカの写真を添付してきた。相変わらず彼女は来栖の膝で丸くなっていた。天間は〈困ったことがあったらいつでも相談してください〉と簡潔に、横山は〈東京に帰るときは551蓬来の豚まん買ってきて〉とだけ。最後にかつての求職者・滝藤から、五月に開催される映画祭のお知らせが届いた。

それぞれに返事を打って再び歩き出したところで、また通知音に足を掬われそうになった。

来栖からだった。〈精々頑張って〉というあまりに短いメッセージに、千晴は同じくらい短く〈精々頑張ります〉と返した。

大阪支社は東京本社同様、ビルが並び立つオフィス街の一角にあった。東京と比べると少し細身な、ガラス張りのビルの八階。すでに何度か足を運んでいるが、今日からここが千晴の新しい職場になる。

エレベーターを降りると、目の前に〈シェパード・キャリア OSAKA〉という看板が出ていた。

シェパードは羊飼いを意味し、世界最古の職業の一つと言われている。だから、ロゴマークには羊飼いが使うフックを模したデザインが使われていた。

迷える羊を導けるのは迷える羊だった人間だけだと、CA見習いの頃に来栖から聞いたのを思い出した。いや、こっちもまだ迷える羊なんだけどさ。一人呟いて、千晴は新しい職場のドアを開けた。勤務初日だからちょっと大きく、大袈裟に、開け放った。

「おはようございまーす！　本日よりお世話になります、CAの未谷千晴です」

著者紹介
額賀　澪（ぬかが　みお）
1990年、茨城県生まれ。日本大学芸術学部卒業。2015年、「ウインドノーツ」（刊行時に『屋上のウインドノーツ』と改題）で第22回松本清張賞、同年、『ヒトリコ』で第16回小学館文庫小説賞を受賞する。著書に、『ラベンダーとソプラノ』『さよならクリームソーダ』『拝啓、本が売れません』『弊社は買収されました！』『世界の美しさを思い知れ』『風は山から吹いている』『風に恋う』『競歩王』『沖晴くんの涙を殺して』、「タスキメシ」「転職の魔王様」シリーズなど。

目次・章扉デザイン —— 川谷康久（川谷デザイン）

本書は、書き下ろし作品です。

ＰＨＰ文芸文庫　転職の魔王様2.0

2023年7月21日　第1版第1刷

著　者　額賀　澪
発行者　永田貴之
発行所　株式会社ＰＨＰ研究所
東京本部　〒135-8137 江東区豊洲5-6-52
文化事業部　☎03-3520-9620(編集)
普及部　☎03-3520-9630(販売)
京都本部　〒601-8411 京都市南区西九条北ノ内町11
PHP INTERFACE　https://www.php.co.jp/
組　版　有限会社エヴリ・シンク
印刷所　株式会社光邦
製本所　株式会社大進堂

ISBN978-4-569-90324-8

PHP文芸文庫

転職の魔王様

額賀 澪 著

この会社で、この仕事で、この生き方で――本当にいいんだろうか。注目の若手作家が、未来の見えない大人達に捧ぐ、最旬お仕事小説！